さようなら竜生、
こんにちは人生
GOOD BYE, DRAGON LIFE.
永島ひろあき
HIROAKI NAGASHIMA
24

目次

第一章　反乱勢力　7
第二章　皇女と獅子　52
第三章　双皇女の邂逅《かいこう》　97
第四章　騒乱の気配　156
第五章　魔王軍侵攻　199

主な登場人物

MAIN CHARACTERS

グヴェンダン
ドランが作り出した分身体。
ドラン
最強の古神竜“ドラゴン”の転生した姿。クリスティーナの下で故郷ベルン村の発展に取り組む。
リネット
稀代の魔法使いに造られたリビングゴーレムの少女。

風香《ふうこ》
八千代と腐れ縁の狐獣人の少女。アムリアの護衛を務める。
八千代《やちよ》
はるか東の国から来た犬獣人の少女。アムリアの護衛を務める。
アムリア
ロマル帝国皇帝の血を引く女性。故あって、アークレスト王国が保護している。
アステリア
ロマル帝国皇女でアムリアの双子の姉。常人離れした才女として知られる。

第一章──反乱勢力

「ふむ」

古神竜《こしんりゅう》の魂《たましい》を持つ転生者──ドランの口癖《くちぐせ》を零《こぼ》したのは、彼の分身体の一人である、人間寄りのドラゴニアン・グヴェンダンだった。

彼は今、ロマル帝国の隠された姫君アムリアの護衛として、リビングゴーレムのリネット、人造少女キルリンネとガンデウス、犬人《いぬびと》の八千代《やちよ》、狐人《きつねびと》の風香《ふうこ》と共に行動している。

現在ロマル帝国では、崩御《ほうぎょ》した前皇帝の娘であるアステリア皇女と、その叔父《おじ》のライノスアート大公の間で次期皇帝の座を巡《めぐ》る内紛が起きている。さらにその混乱に乗じて、これまで被支配者層として虐《しいた》げられてきた亜人達が武装蜂起《ぶそうほうき》し、国内は三《み》つ巴《どもえ》の争いとなっていた。

アステリア皇女の双子の妹でありながら、その出自から存在を秘匿《ひとく》されて長年軟禁状態にあったアムリアは、ドラン達に救出され、アークレスト王国にて手厚く保護されていた。

そんな中、ロマル帝国の惨状《さんじょう》を耳にした彼女は、自らの目で実情を確かめようと、ドラン──グヴェンダン達の協力を得て、帝国の各地を巡っている。

ほどほどな、あるいはまあまあな顔立ちの、それでいて風格と威厳《いげん》のあるドラゴニアンの青年は、思案するように顎《あご》を右手で撫《な》でている。

彼らが今いる場所は、ロマル帝国の版図《はんと》の中で最も強大な反乱勢力の根拠地となっている帝国南方。かつては無数の亜人達が群雄割拠《ぐんゆうかっきょ》していたヒシメルク海岸を見下ろす丘の上だ。

彼らは、遠方の諸国家との海洋貿易を担う重要な港湾都市の一つ、ウミナルを訪れようとしているところだった。

ロマル帝国に反旗《はんき》を翻《ひるがえ》した反乱都市エルケネイでの戦いを終え、反乱勢力の最大戦力がいるこの南方の地に足を運んだグヴェンダン一行。しかし、これまでの道程で見てきたモノが、彼らの足を鈍《にぶ》らせている。

ロマル帝国支配時代に敷かれた立派な街道からやや離れたところに停めた馬車の傍《そば》で、彼らはそれぞれ椅子に腰かけ、車座になって今後の予定を話し合っている。

既に目的地であるウミナルは目前なのだが、実際に都市の中にまで足を踏み入れるべきか否《いな》か、海から届く潮風を浴びながら、何度目かになる協議を重ねている。

一行は基本的にアムリアの意思を最大限尊重する為、行動方針はすぐさま決まるのが常《つね》であるから、これはいささか珍しい事態だ。

いよいよウミナルを目前に控《ひか》え、最終意思決定を行うこの場面で口火を切ったのは、むすっとした顔の八千代であった。

「某《それがし》はやはり、このウミナルに入るのは反対でござる！　ウミナルに近づけば近づくほど、この考えはより強固なものになったと言わざるを得ぬ」

狐人の風香が苦い顔で同意を示す。

「拙者《せっしゃ》もハチと意見を同じくするでござるよ。エルケネイではまだ帝国の支配を受けた者同士という事で、亜人種も純人間種も共に暮らしていたけれど、この辺りはどうにもこうにも……」

二人が、外見上は純人間種であるアムリアやリネット達を伴《ともな》ってウミナル入りするのを反対するのには、理由がある。それは、ウミナルを含む近隣一帯を勢力下に置く反乱勢力『太陽《たいよう》の獅子吼《ししく》』の支配体制によるものだ。

亜人種や非ロマル民族は、ロマル帝国によって武力で制圧され、被支配階級に落とされた歴史がある。その屈辱《くつじょく》と非業《ひごう》の歴史に対する反動が暴力的な形で表れているのが、この太陽の獅子吼並びに彼らの傘下《さんか》の勢力なのだ。

「ロマル民族に対して過敏になるのは、これまでの歴史を考えれば分かる話でござる。そもそも現状、戦争状態であるからして、過剰に警戒するのは当然でござろうとも」

八千代はまだ彼女自身が理解出来る話をする。

もし話がその範囲に収まるものだったなら、八千代と風香もウミナル入りを断固として反対はしなかっただろう。しかし問題はまだ、理解も納得も出来る範疇《はんちゅう》を超えた部分にあった。

「ロマル民族に対する憎しみや憤《いきどお》りが高じて、純人間種憎しにまでなってしまっているのでは、アムリア殿を連れてなど行けんでござるよ。絶対にいちゃもんをつけられるに決まっているでござるもん」

八千代が深々と諦《あきら》めを含んだ溜息を吐いた。エルケネイを出立《しゅったつ》してからこのウミナルに近づくにつれて、純人間種に対する敵意と憎悪の感情の濃度が増していくのを、肌で感じてきた為だ。アムリアとてそれは同じだろうに、彼女があくまでウミナルの内情を知りたいと希望し続けている事に、反対派の八千代と風香は頭を痛めていた。

風香もここに到るまでの旅路を思い出して、耳をペタンと前に倒す。

「同じ歴史背景を持つロマル民族ではない人間に対しても、排他的《はいたてき》を超えて攻撃的になっているほどでござるからなあ。ロマル帝国とまとめて、今度は自分達が支配してやろうという考えが末端の兵士にまで行き渡っておるし……」

その発言を否定出来ずに、アムリアはしょんぼりとした様子で俯《うつむ》く。グヴェンダンと、彼につき従うリネット、キルリンネ、ガンデウスのメイド三姉妹達も、これといった反論の言葉を口にしなかった。

反対派の二人に対して、賛成派のグヴェンダン達——メイド三姉妹は単にグヴェンダンに従うだけなのだが——は、そこまで強く意思を表示していない。それは、あくまでアムリアの意思を最優先に尊重するという態度を、一貫してとり続けているからだろう。

「アムリア殿、せめて、外見を某のような犬人にするとか、風香のような狐人にするとか、なんならグヴェンダン殿のようなドラゴニアンでもいいと思うでござるよ？」

「リネット殿達も同じでござるねぇ。うーん、リネット殿達はグヴェンダン殿に倣《なら》ってドラゴニアンに変装して、〝お兄ちゃんと三姉妹で、悪い帝国に反旗を翻した勇気ある人達を見に来た〟としてはいかがでござろうか」

風香の提案に三姉妹は大きく心が動いたらしく、感情表現の豊かなキルリンネばかりでなく、情動の起伏が控えめなリネットやガンデウスまで体を揺らして反応していた。

グヴェンダンの手にかかれば、いかなる魔眼《まがん》や霊視能力を有している相手も騙《だま》し通せる幻術を行使し、偽装を維持し続けるのは容易《たやす》い。

それを知っているからこその、八千代達の発言である。

アムリアは顔を上げ、自分を想ってくれている犬人と狐人を、意思の強さを感じさせる瞳で見つめる。

「確かに、そうすれば私でも穏便にウミナルに入れる事は間違いないでしょう。でも、八千代さんも風香さんも分かっておいででしょう？　私は〝人間を相手〟に、彼らがどんな目を向けるかを知りたいのです」

あくまで人間としてウミナルに入り、どんな目を向けられるのか、どんな感情に晒《さら》されるのか、どんな扱いを受けるのか、アムリアはそれを知りたがっている。そうでなければわざわざウミナルを訪れる意味がない事も、八千代と風香は分かっていた。

二人としては、そこはアムリアに妥協してもらって、せめて姿だけでも変えてほしいところなのだが、この隠されていた皇女はなかなかどうして頑固者《がんこもの》だ。

「う〜〜〜、やっぱりそこが肝心要《かんじんかなめ》でござるかあ。アムリア殿の意志の固さは買いでござるけれど、そこはほら、生きる上での賢さという事で妥協というか、状況に応じた適切な判断をするのがいいと思うんでござるよぉ」

そう言う八千代の方こそ、賢い生き方など到底出来っこないのだから、説得力の欠片《かけら》もない。

それでも尻尾と体を左右にくねらせて精一杯説得を試みる姿は、彼女なりに必死である事の表れではあった。

風香も同じく、八千代の隣《となり》で同じように尻尾をふりふりして愛嬌《あいきょう》を振りまくが、残念ながら色気はあっても、アムリアの意志を揺らがせるには可愛《かわい》げの成分が足りなかった。

「ごめんなさい。八千代さんと風香さんがとっても心配してくださっているのも、きっとたくさん迷惑をかけてしまうのも分かっているのに。でも、私はこうしたいと思うのです。私にロマル帝室の血が流れている事実は望んだものではありませんが、その血の流れる私だから出来る事を本当に見つける為には、必要なのです。きっと」

「きっとでござるぅ？　でもアムリア殿の〝きっと〟は絶対という意味だって、拙者はもう学習したでござるよお。もう、アムリア殿の頑固者ン！」

ぷうぷう、と風香は頬を膨《ふく》らませて抗議するが、口で言うほどに怒っていないのは誰の目にも明らかだった。なんだかんだで八千代と風香が最もアムリアに甘く、過保護なのだから。

八千代と風香が降参の意思表示をしたのを見届けてから、これまで黙っていたグヴェンダンがようやく口を開いた。

分かり切ってはいたが、やはりきちんと結果が示されてから行動しなければ、小さいしこりが残ると判断し、成り行きを見守っていたのである。

「結論は出たな。アムリアはその姿のままでウミナルに入る。ふむ、リネット達もそのままで行かせるとして……これまでとは少し立場を変えておいた方がよかろうよ。エルケネイやここに来るまでの途中の都市だったなら、人間のお嬢様とその護衛で話を通せたが、ウミナルではそれで通じないだろう」

どんな形であれ、人間が亜人の上に立つ立場をとっては、火に油を注いで周囲からの過剰な反応を招くだけだ。言外にそう告げるグヴェンダンに、アムリアが悲しげに柳眉《りゅうび》を寄せて首肯《しゅこう》する。彼女とてそれくらいは理解している。

グヴェンダンに続き、事前に収集しておいたウミナルと近隣の諸事情をまとめた書類を手にしたリネットが、仕事の出来る才女の気持ちで、こう提案した。

「ウミナル並びに近隣の沿岸地帯は、全て太陽の獅子吼勢力が奪い返しています。ロマル民族でない人間種は、元々暮らしていた地域にこそ残っていますが、主要な都市部への出入りは禁じられています。蜂起時に取り残されたロマル帝国民達は、労働力として拘束され、様々な労働に従事させられているようです。実質、この辺りは太陽の獅子吼によって亜人至上主義の国家として再構築されつつあると言えるでしょう」

これまでの都市で見てきた光景とリネットの報告を照らし合わせて、八千代は早々に陰鬱《いんうつ》な表情を浮かべる。根が陽性の八千代にしては珍しい、翳《かげ》りを含んだ表情だ。

「なんだか、ロマル帝国時代と立場を逆転した扱いをしているみたいで、聞いても楽しくなさそうな話でござるなあ」

特に女子供や老人等、力の弱い者が虐げられる話にはめっぽう弱い八千代なので、その陰鬱さは自然と増してしまう。

「自分達がやられた事をやり返す。過《あやま》ちを犯しても同じ歴史を繰り返す。人類の基本行動ですね——と、リネットも同意します。ただ、そっくりそのままやり返すのでは、ロマル帝国となんら変わるところはないと考えているのか、枷《かせ》を嵌《は》めて、鞭《むち》を振るって休まず働かせるといった行為は行われていないようですよ」

「では、家族を人質《ひとじち》にとって最前線で肉の盾として使い捨てにしているでござるか?」

「蜂起以降散発的にロマル帝国と戦闘が発生していますが、人間の盾が用いられたという記録はありません。万が一の事態を危惧《きぐ》して、拘束した帝国民を戦闘に投入するのと重要な施設への立ち入りは、禁止しているようですね」

リネットの答えを聞いて、八千代は少し安心した様子を見せる。

「ほー、それは思ったよりもマシな扱いでござるな。我ながら他人の立場だから言える呑気《のんき》な発言ではござるが、支配しているという状況が得られれば、どのように支配するかという点には拘泥《こうでい》していないのでござるかね？」

「帝国の軍勢を追い払い、父祖の土地を取り返した時点で、ある程度留飲《りゅういん》が下がったのは確かでしょう。この二つを声高《こわだか》に主張して士気と結束を高めていたようですから、その後の具体的な行動については、末端にまで話が通っていないようです。理不尽《りふじん》な暴力がまかり通っていないという点においては、歓迎出来るかと」

「ふーむ、想像していたよりはひどくなさそうで、ちょっぴり安心したでござるけれど、それでも嫌なものを見るのは避けられないのでござろうなあ」

「見下していいと思える理由と、暴力を振るっても許されると思える背景があれば、人間はいくらでも暴力的になれますので」

ロマル帝国も反乱を起こしたものも関係なく、総じて人間はそういう生き物だと断言するリネットに、八千代は悲鳴に近い抗議の声を発した。

「リネット殿、ちょっと不穏な事を真っ正直に言いすぎでござるよぉ！」

「リネットは常に正直な言動と誠実な態度を心掛けております」

ツンと澄《す》ました顔でそう言うリネットに、八千代はぐうの音《ね》も出なかった。

その後、グヴェンダン達はそれぞれの偽名や設定を確認し直してから、港湾都市ウミナルへと向かった。

――ちなみに、アムリアはアナ、リネットはトルネ、八千代はハッチ、風香はフウと名乗っている。

ウミナルはロマル帝国の支配以前から海洋貿易の要衝《ようしょう》であり、商業・貿易都市として大きく発展してきた場所である。

ウミナルへ繋《つな》がる主な街道は三つ存在しており、グヴェンダン達の乗る馬車はエルケネイ方面と繋がる北側の道から町に入った。

街道の途中にある検問所を守る兵士達は、屈強《くっきょう》な獅子人《ししびと》や猫人《ねこびと》の男女が複数おり、前線から遠い立地とはいえ、反乱側の最大勢力としての見栄《みえ》を張っている様子が見受けられた。

一目で亜人と分かる者達は滞《とどこお》りなく街道を進み、ウミナル入りを許されていったが、やはりグヴェンダン達の番となると、はいどうぞ、というわけにはいかない。

御者《ぎょしゃ》はグヴェンダンと八千代が務めていたが、馬車の中を改める段になれば、当然アムリアとリネット達の姿を見られる。隠さないと決めた以上、これは仕方のない流れだった。

馬車の中を見た獅子人の兵士が険《けわ》しい目つきで御者台のグヴェンダン達を睨《にら》みつけ、手にした槍の穂先をいつでも突き出せるように重心をずらしはじめる。

その様子に他の兵士達も敏感に反応して、いつでも包囲出来るように何人かが動きはじめていた。散発的な戦闘が続いていた程度とリネットは言ったが、当の兵士達はまだまだ気を抜いてはいないようだ。

「お前達、この者達はなんだ？　詰所《つめしょ》で詳しく聞かせてもらおうか」

〝この者達〟とは無論、アムリア達だ。一行の統率者役を担うグヴェンダンが、なんら負い目を感じていない態度で堂々と応じる。

「ふむ、彼女達が君らにとって見逃しがたい存在である事は重々承知している。こちらとて時間は惜しいが、いつまでにと制約があるわけでもなし。ウミナルの治安を乱すつもりはないのでな。そちらの求めにはもちろん応じるとも」

グヴェンダンのドラゴニアンという希少性もさることながら、纏《まと》う風格と堂々たる態度から、自分が何か間違いを犯したのではないかと、兵士の方が判断を一瞬、迷うほどだった。

グヴェンダン達一行は武器を取り上げられ、兵士達の監視の下、ウミナルを訪れた目的とアムリア達についての説明を行う。

そのまま平屋の詰所に連行され、一行の数が多かった事から軒先《のきさき》で尋問を受ける。

アムリアとリネット達四名を守るようにしてグヴェンダンが後ろに、左右には八千代と風香が立つ。そしてその周囲を武装している兵士達十余名が取り囲んでいる。

いささか過剰な人数とも思えるが、わざわざこの時期にロマル民族と分かる人間をウミナルに連れてきたのを警戒しての対応だろう。

尋問を担当したのは先程の兵士の上役らしき、縞柄《しまがら》の虎人《とらびと》の女兵士だった。左頬から首筋《くびすじ》にまで及ぶ斬痕と隙のない気配から、歴戦の猛者《もさ》であるのが見て取れた。

黄色い毛並みに黒い模様のある髪の下から覗《のぞ》く顔つきはむしろ穏やかであるが、これはなかなか危険だと思わせる雰囲気《ふんいき》がある。

「どうも、こんにちは。当検問所の責任者を務めております、サザミナと申します。部下から聞きましたが……ええ、本当にロマル民族の方と、そうでない人間の方を連れているのですね」

アムリアとリネット達を見るサザミナの視線は、今のところは激しさも穏やかさもない。

「当然、ロマル帝国の現状は知っていますでしょう？　ですのに、どうしてこの方達を伴ってウミナルへ。怪しまれて当然ですから、貴方達《あなたたち》も相応の事情を抱えているのですよね？」

正面から堂々とウミナルの検問所を訪れたのだから、何かあるのだと勘繰《かんぐ》られるのは当然だ。その為に設定を練り直してあるので、返答するグヴェンダンはもちろんアムリア達にも動揺はない。

「ああ。ウミナルを訪れたのは、まだこの都市が他国との貿易を継続して行っているからだ。この地からより遠方に向けて離れるのには、ここから船に乗るのが手っ取り早い。君らはロマル帝国の人間は強く敵対視しているが、貿易相手に関しては別の話と、分けた対応を取っていると耳にしたからね」

ロマル帝国支配時代からヒシメルク海岸各地の港湾都市には、国外から多くの船が訪れており、その中には当然ながら純人間種も含まれていた。

それは今も同じで、反乱発生後も貿易の為の船舶は訪れていて、太陽の獅子吼は彼らを相手に、ロマル帝国時代よりも関税を緩和するなど好条件での商取引を続けている。

こういった対応に関しては、純人間種への憎悪や攻撃性をロマル帝国に限定し、利益を生む国外貿易に関しては矛先が向かないように内部で情報統制をしていると考えられる。あるいは、対応に当たる人員を限定しているのだろう。

ロマル帝国を打倒した後の未来を考えれば、純人間種と亜人種が共存している他国家との繋がりまでも断ってしまうのは、あまりに損失が大きい。

帝国時代より貿易の条件を良くしているのも、帝国とは違うという分かりやすい意思表示と、なるべく多くの繋がりを残しておきたいという太陽の獅子吼の意向であろう。

「それで、どうしてそちらの女性達を連れてウミナルを訪れる話になるのです。国外へ行くだけなら、貴方とそちらのハッチさんとフウさんの三人で船主に相談すればよいだけの話では？」

サザミナからの再びの問いに、グヴェンダンが悠然《ゆうぜん》と答える。

「そう考えるのはごもっとも。足を使って時間をかければ、あるいはお金を積めば、乗せてくれる相手も見つかるだろうが、効率を優先した結果だよ。彼女の家は国外のとある商会との繋がりがある。家それ自体はもう没落したも同然だが、商会との繋がりはまだまだ活かせる。そこで帝国を出ようと考えていた私、ハッチ、フウと、道中の護衛とウミナル入りの手段を求めていたアナとの思《おも》惑《わく》が合致して、こうして一緒に行動しているわけだ」

アムリアの家というのは、今まさに国を三つに分けて内戦中のロマル帝国の事であり、国外の商会というのはアークレスト王国が密《ひそ》かに使っている商会を指す。

実際に間諜《かんちょう》経由でウミナルに入っている商会とは事前に連絡を済ませており、情報の裏を取られても、何も問題がないように手配してある。

「ハッチとフウは見ての通り、外国の生まれだ。一度国元に戻ろうかという話になって、帝国を離れる術《すべ》を探していた。私の場合は、単純に見聞《けんぶん》を広める為だな。君らが帝国に反旗を翻さなかったら、海路ではなく陸伝いに東か西のどちらかに向かっていたところだよ」

言外に君達の行いの影響で、このウミナルを訪れたのだと皮肉を告げるグヴェンダンに、周りの兵士達が僅《わず》かに殺気立つが、サザミナは穏やかな表情を変えずに言葉を重ねる。

「では、確認を取りますので、商会の名前を伺っても？」

「ああ。アナ」

グヴェンダンに促《うなが》されて、アムリアが口を開く。

「はい。私達が向かうのはアルダム商会です。今、こちらに寄港しているかは存じませんが、なんとか船に乗せていただいて、ここから離れようと……」

「なるほど、アルダム商会ですか。私でも聞き覚えのある商会ですね。では確認が取れるまで、しばしこちらでお待ちいただきますよ。よろしいですね？」

拒否を許さぬサザミナの静かな威圧を込めた言葉に、アムリアは臆《おく》する事なく正面から向き合い、頷《うなず》いた。

†

アルダム商会からの使いが、私――グヴェンダン達の前に姿を見せるのに、それほど時間は必要なかった。

サザミナの部下によって連絡の届いた商会から、すぐさま商会の代表であるグドという穴熊人《あなぐまびと》の大男が駆けつけて、私達の身柄《みがら》を保証したのである。

こういう時の為にアークレスト王国が何十年も前から用意してきた商会なのだから、当然の結果と言えば当然の結果だ。

ロマル帝国への反乱の流れに便乗し、なかなかの商売上手と知られるグドは、その評判に相応《ふさわ》しい裕福な身なりの男だった。

良質の絹と希少な染料をふんだんに使い、青に赤、黄に白と派手な色彩のバルーンパンツと、同じ色彩の袖《そで》なしのチョッキに白いシャツ姿。肩からは金糸の刺繍《ししゅう》がびっしりと施《ほどこ》された帯をかけている。

いかにも、気風《きっぷ》の良い大店《おおだな》の主人然とした衣装だが、そのくせ穴熊の毛皮を首周りや胸元に纏った体は横幅も厚みも凄《すさ》まじく、背も今の私の体より頭一つ大きいほどだ。

衣服を脱ぎ捨てて肉体を晒せば、誰もが屈強な戦士と信じて疑わない逞《たくま》しさだが、穴熊らしい愛嬌を感じさせるグドの顔には、にこにこと人好きのする笑みが浮かんでいる。

初対面の相手を極力威圧しないように配慮しながら、グドがアムリア達について説明する。

「サザミナ殿、この方々は間違いなく私共アルダム商会の客人ですよ。ええ、こちらのアナさんのご両親とは良い商売の付き合いをさせていただいておりました。サザミナ殿達にとっては、そのう……あまり良い印象を持たれないのは百も承知ですが……」

「そうですか。いえ、グド殿の言葉を疑うわけではありませんが、ウミナルの現状を知るロマル人が足を踏み入れるというのが、どうにも腑《ふ》に落ちませんでしたので」

「いやいや、私共が事前に話を通し、アナさんをお迎えに参上していれば、このような事態は防げましたでしょう。こちらの手落ちでございますので、どうぞお気になさらずに。アナさんも、申し訳ありませんでしたなあ。もう少しウミナルの外でお待ちくだされば、店の者を大急ぎで走らせましたのに。いやいや、これは言い訳ですな。失礼を申し上げました」

「私の方こそ配慮が足りていませんでした。グド様だけでなく、サザミナ様達にもご迷惑をおかけしてしまいました」

グドに続いて小さく頭を下げるアムリアを見るサザミナや周囲の兵士達の視線は、変わらず厳しいままだ。アルダム商会に身分は保障されたが、それでも純人間種であるのには変わりないからか。

それともまだ怪しまれているのか。

「いえ、私達はあくまで職務を果たしているだけです。それでも、貴方のようなロマル人がウミナルの中で姿を見せて歩き回るのは勧められません。次に何か問題があれば、いくらアルダム商会の保証があったとしても、見逃せませんよ」

種族の名の通り虎の如《ごと》き威圧感を滲《にじ》ませるサザミナに、グドが乾いた笑いを零した。

外見の威圧感と逞しさに反して胆が小さい――とグドを責めるのは酷《こく》であろう。サザミナはまだ若いが、相当に修羅場《しゅらば》を潜っているのは間違いない。

その修羅場がロマル帝国相手と考えれば、アムリア相手にかくも厳しい態度を取るのも当然――いや、むしろこれでも優しい態度なのかもしれない。

「分かりました。気を付けます。重ね重ね、この度はご迷惑をおかけしました」

私は再び下げられたアムリアの頭を横目に見ながら、今回とは比較にならない〝迷惑〟をかける事になるのだろうと、今の内からサザミナに重ねて頭を下げておいた。

戦火がこの地にまで及ぶか、それともサザミナが戦場に立つのかまではまだ分からないが、いずれにせよウミナルを騒がせるのには違いあるまい。

私達は最後までサザミナ達からの険しい視線を浴びながら、詰所を後にした。

グドの乗りつけてきた小型の馬車に先導されて、私達は改めてウミナルに入る。

馬車が出発する直前、グドから彼の屋敷に着くまでは、くれぐれもアムリアの姿を見られないように、と忠告された。ウミナルでそれなりの地位と影響力を持つ彼にしても、アムリアを二度も庇《かば》うのは難しいのだろう。

さすがにアムリアも今回ばかりは自重《じちょう》して、馬車の幌《ほろ》の内側から覗くだけに留めている。

それだって、外部の視線とアムリアの視線が交わらないように、私がこっそり幻術を重ねている上での事だ。

「今進んでいるのは目抜き通りだな。馬車の中にも通りの賑《にぎ》わいが届いているだろう」

私が御者台から荷台のアムリアに話しかけると、小声で返事があった。

「はい。まだ港ではありませんけれど、一層強い潮の香りが届いています。それに、色んな種族の方がこうまでひしめき合っている光景は、やはり圧倒されます。これまでの道のりではウミナルに近づくにつれて、人間の比率が減ってきましたが、この街では全く見かけませんね」

「ふむ、どこかに追放したというわけではあるまいが、まとめて隔離して、余計な衝突と治安の悪化を防いでいるのかもしれん。詳しい事情はグドが教えてくれるだろう」

アルダム商会の店舗はウミナルの港に近い位置にある。通りを進むにつれて、海産物を取り扱う店舗の割合がどんどんと増え、寄せては返す波の音もより大きくなる。

漁では大変に頼りになる魚系の亜人達の数も多くなり、まだ鱗《うろこ》や殻《から》を濡らしたままの者も少なくない。加工場や競《せ》りの行われている市場を尻目に、私達はアルダム商会の持っている厩舎《きゅうしゃ》に馬車とホースゴーレム達を預け、事務所へと案内された。

通りに面した、煉瓦《れんが》を積み重ねた五階建ての建物である。その一階の奥まった場所にある代表の部屋で、私達はグドと改めて対面した。

私達の事と、アルダム商会がアークレスト王国の隠《かく》れ蓑《みの》である事を知るのは、商会の中でもごく一部に限られている。私達にお茶を用意してくれた執事もその内の一人だったろう。

グドは巨漢ながら愛嬌のある顔から緊張の強張《こわば》りを解いて、飲みやすい温度に冷まされたお茶を一息に飲む。

「んぐんぐ、んむ、美味《うま》い。皆さんも咽喉《のど》が渇いてはいませんか？　どうぞ遠慮なく飲んでください」

グドと長テーブルを挟み、長椅子に腰かけた八千代と風香、アムリアが勧められるままにお茶に口を付けた。

私とメイド三姉妹はいざという場合に備えて、アムリア達の周囲に立っている。

こちらのお嬢さん達三人がお茶を飲んで落ち着くのを待ってから、グドは表情を引き締め直して口を開く。何十年もロマル帝国とこの地に住む人々を相手に商売をしてきた歴戦の商人は、さて、私達に何を聞かせてくれるのか、何を問うのか。

「貴方達の事を知らされた時にはずいぶんと驚かされましたが、堂々とこのウミナルに入ろうとなさるのには、さらに驚かされましたぞ」

批判されてもおかしくないのだが、グドの声音《こわね》には純粋な驚きだけがあった。

「申し訳ありません。どう対応されるのかを含めて、このウミナルという都市とこの地の人々の事を肌で感じて知りたかったのです」

グドに答えたのはアムリアだ。私達の誰よりもこのウミナルを知る商人と話をするのには、この町を訪れる事を希望した彼女が最も相応しく、同時にそれが彼女の責任でもある。

「なんとも豪胆《ごうたん》な。しかし、悪くすれば刃傷沙汰《にんじょうざた》になる恐れもあります。サザミナ殿が言っていたように、次からは気を付けなければなりません」

「はい。あの……刃傷沙汰と仰《おっしゃ》いましたが、やはり、それほどまでにこの都市での人種間との関係はひどいのですか？」

グドは言葉を選ぶように腕を組み、目を瞑《つぶ》って小さく唸った。飢えた熊が発するような唸り声に、八千代と風香の耳が一度しおしおとへたれた。こっちも肝《きも》っ玉《たま》が小さいものだ。

「もちろん、良いか悪いかで言えば、悪いの一択になります。それはアナ様達もウミナルまでの道のりで存分に目にして来られたでしょう。帝国側での反乱を起こした者達や亜人、異民族達への対応もまた、ご覧になっているのでは？」

「はい。最初にライノスアート大公のお膝元から見聞の旅を始めましたので。エルケネイやその周囲ではそれなりに亜人と異民族でも上手く手を携《たずさ》えていられましたけれど、ここではロマル民族でなくとも人間種ならば敬遠されているのですね。でも、あの……この港の辺りでは、人間種の方々が特に監視されている様子もなく働いているのをお見かけしたのですが」

「ああ、それはウミナルやこの辺りに住んでいる人間種ではありませんよ。海の向こう側、つまり交易国に在籍している人間種です。太陽の獅子吼の思想がどうあれ、それは彼らの傘下に属する者達に適用されるのであって、敵対関係にあるわけでもない交易相手に押し付けるものではありませんから。思想に影響を受けすぎた者達が暴走するのを危惧して、太陽の獅子吼側は港の周囲にはまだ落ち着いている連中を回して、余計ないざこざを避けておりますぞ。それでも雰囲気は険悪になっていますが」

グドは溜息交じりに続ける。

「我が商会の人間種の者も、以前よりも仕事がやりづらくなったと愚痴《ぐち》を零す始末。取引それ自体は以前よりも我らに都合の良いものになりましたが、雰囲気の悪化は否めません」

長年ウミナルで仕事をしてきた者達ならば、当然こうした空気の変化を敏感に感じ取れるだろう。事前の調べ通り、交易の条件それ自体は帝国時代よりも良いようだが、この様子ではそれもいつまで続くか分からない。

グド達を含め、今はこのウミナルに寄港している者達も、より条件の良い港があったなら、そちらを利用する選択肢が出てくるはずだ。

「ではグド様、この都市に残っている人間種の方々はどのような扱いを受けているのですか？　私達の調べでは、彼らは単純な労働力として扱われていて、戦場に兵士として連れて行かれる事もないようですが」

アムリアの話を聞き、グドは感心した様子で目を細める。

「ほう。……アナ様が把握《はあく》している情報に誤りはありません。しかし、不足はあります。さすがにロマル人でない者は捕われてはおりませんが、ロマル人は特定の区画に隔離されて、割り振られた仕事をこなす日々を行っております。一部、行政や軍事に携わっていた者達は、その能力と知識を買われて、条件と監視を付けて働いている者もいるようですな。ところで、アナ様」

「はい、何か？」

「古今東西の歴史を紐解《ひもと》いてみますと、こうした虐げられていた者達が反旗を翻して立場を逆転させた時、概《おおむ》ね二つに分ける事が出来ます。それが何か、お分かりになりますか？」

「二つ……相手を滅ぼすまで戦うか、途中で妥協するか、でしょうか？」

どうやらアナの答えはグドの用意していた正解とは異なったらしいが、その内容の過激さに、グドは口を大きく開けて驚いた顔を見せた。

虫も殺せそうにないアナの印象を大きく裏切る発言だ。この辺りは戦国乱世が長く続いた故郷を持つ八千代と風香、それに私から影響を受けてしまったからだろうか。

「いや、まあ、それはそう？　なのでしょうが。ええとですな……自分達がされた事をそっくりそのまま報復し返すか、奴らと自分達は違うと報復しないか、です。後者の場合は不当な差別をした者達に対して、自分達は決してそのような行いはしないと、平等を旗印《はたじるし》に掲げる傾向が見られます。大抵、代を重ねると破綻《はたん》しますし、ひどい時にはその言葉を口にした者の代で終わりますけれどね……」

古神竜時代の記憶を掘り返してみるに――なるほど、ちらほらと例外を見た記憶もあるが、概ねグドの言う通りだ。

「事前に聞いていたお話ですと、太陽の獅子吼の方達は前者であるように思えますが、何か違うのですか?」

アムリアの問いに、グドがゆっくり言葉を選びながら答える。

「恥ずかしながら、私達も当初は太陽の獅子吼達がロマル帝国に反旗を翻し、一定の成果を上げた後は同じような仕打ちをするものと考えておりました。しかし実際は、その予想よりも余程穏当な扱いがなされています。肝心なのは予想が違ったという事実に加え、何故予想と違ったのか、という点です。太陽の獅子吼を構成する諸種族は、ロマル帝国の支配からの脱却と父祖伝来の土地の奪還、そしてかつての敗北の屈辱を雪《そそ》ぐ事を共通の目的としています。代々その思想を伝え、種族や部族内の結束を高めるというのは、分かる話です。そうして彼らは今の結果に繋がっておりますしね。ただ、その割に現状の扱いはずいぶんと手ぬるく感じます」

単に太陽の獅子吼が支配の屈辱から人間種を下に扱っているだけと考えては、見落とすものがあると、私達に教えたい様子だ。

アムリアはグドの瞳をじっと見つめて、話の続きを促した。

「私達が現状把握している限りになりますが、どうやら太陽の獅子吼内部でも、思想といいますか、温度差があるのですよ」

「屈辱の歴史と憎悪に従って、自分達には復讐《ふくしゅう》の権利があると声高に叫《さけ》ぶ者と、虐げられてきた自分達だからこそ、帝国と同じになってはならないと訴える者……でしょうか？」

「それならまだ分かりやすいのですが、復讐の権利を叫ぶ側の中での温度差なのですよ」

「……つまり、どの程度復讐するかの違いでしょうか。誰に、どこまで、いつまで、どう復讐するか、という観点で温度差があるのですね」

アムリアの言葉に頷き、グドは話を続ける。

「その通りです。仮に過激派と称しましょう。その過激派の中の温度差が、今のウミナルの微妙に生ぬるい対応に繋がっているのです。ちなみに太陽の獅子吼内の穏健派はかなり少数です。差別されたのが先祖の代の話であったなら、もっと穏健派も多かったでしょうが、直接差別を受けた世代での反乱ですから、それも仕方のない話です」

他にも言いようはあるかもしれないが、過激派と穏健派の対立ではなくて、過激派内部での温度差とは……エルケネイの反乱勢力『七《なな》つ牙《きば》』より相手をしづらそうだ。

アークレスト王国にも、アルダム商会経由でこれくらいの話は伝わっているだろうが、私達で何か新しい情報を伝えられるかね？

「現状のウミナルを見れば分かりますが、目下、過激派の舵《かじ》を握《にぎ》っているのは〝穏健派寄りの過激派〟です。……自分で言っておいてなんですが、ややこしい呼称ですな」

「では、それぞれの派閥《はばつ》の代表格となる方のお名前を冠してはいかがでしょう？　私達も注意しなければならない方のお名前を同時に把握出来ますし、その方が分かりやすいかと思います」

アムリアの提案に、グドは手を打って同意を示す。

「おお、それが良いですな。では、穏健派寄りの過激派の代表は獅子人のアシアという青年ですから、アシア派。過激派の過激派は獅子人のレコという女性ですから、レコ派になりますな」

「ウミナルの状況を考えると、太陽の獅子吼の代表者は、穏健派のアシアさんという方なのですね」

「いや、そこがまたややこしいところでして、太陽の獅子吼の代表たる族長はアシアでもレコでもありません。黄金の鬣《たてがみ》を持つ若き獅子人、レオニグス家のレグルです。彼は元々レコ派に近い思想の主でしたが、族長としての重責を担う中で頭が冷えたのか、感情を横に置いて部族全体の未来を考えるようになった節があります。レコ派が舵を握っていたなら、他国の船でも人間種がウミナルを訪れるのを許さなかったでしょうからね」

そうなると、ロマル帝国南方の反乱勢力の主要人物はアシア、レコ、レグルの三名となるわけだ。

アムリアの素性《すじょう》を考えると、レコとレグルに会わせるのは厳しいが、アシアとは少し接触を考える価値があるかもしれない。もっとも、アシアもまた過激派ではあるのだが。

思っていたよりも複雑な太陽の獅子吼内部の事情に少し考えを巡らせてから、アムリアが口を開いた。

「そうなると、レグルさんという方の心がどちらを向いているのかを知るのが、重要ですね」

そう言い切ったアムリアの瞳を見て、両隣の八千代と風香が〃あっ〃と短く声を上げた。

あれはアムリアの覚悟が固まった時の瞳だ。次はレグルの獅子顔を拝みに行く事になりそうだ。

途方《とほう》もなく強固な覚悟を固めたのが見て取れるアムリアは、その覚悟に基づいた行動に必要そうな情報をグドへと求めた。

「そのレグルさんは、普段はどのように過ごしておられるのですか？」

強い意志の輝きを放ちはじめたアムリアの視線を受けて、心なしかグドが背筋《せすじ》を正す。

国家の後ろ盾を得ながら異国で堂々と商売を行う男の目にも、彼女が只者ではないと映ったのか。

「それは、今の彼は太陽の獅子吼の族長としてだけでなく、傘下の諸部族をまとめ上げる立場に就いていますから、奪取した総督府《そうとくふ》を改装して、普段はそこに籠《こも》っておりますよ。元々、自ら最前線に立って武勇を振るって味方を鼓舞《こぶ》する類の武人ですから、演習に参加している事も多いようですが。とはいえ、血気盛んで済まされる時期は過ぎたと、お小言をしょっちゅう貰っているという評判ですな」

どうやらこの段階で、グドは嫌な予感に襲われたらしい。アムリアを見る瞳には、不審と疑惑の色が急速に濃くなりはじめている。

「なるほど。総督府に行けば必ず会えるわけではないのですね。そうなると、普段の行動を把握していないと、空振りに終わる事も多そうです。自由に使える時間は限られていますし、情報収集に力を入れないといけません」

いよいよ目の前の女性が何を考えているのかを察して、グドは愛嬌のある穴熊人の顔を引きつらせる。

当然だろう。詰所でサザミナから二度と騒ぎを起こさないようにと釘を刺されたばかりだというのに、彼女はよりにもよって太陽の獅子吼の最重要人物と会おうとしているのだから。

「まま、まさか……アナ様はレグル殿に会おうとお考えなのですかな？」

まさかと疑っているのはこの場でグドだけだ。

私はもちろん、八千代や風香、リネット達だって、アムリアが直接自分の目と耳でレグルの人となりを確かめようとしているのを確信していた。

それにしても、アークレスト王国の王城に匿《かくま》われた生活をしていたにしては、いささか行動力が逞しくなりすぎてはいないかな？　ロマル帝国に来てからの今日《こんにち》までの日々で、アムリアの眠っていた資質を目覚めさせたか？

私は堪え切れず、小さな吐息を零した。

「うふふ、さあ、どうでしょう。世間知らずな私でも、グド様の言われる事がとても難しいのは分かりますわ」

「そ、そうですな。いやははは……アナ様の態度に、ついつい深読みなどしてしまいました。海千山千《うみせんやません》の商人と渡り合ってきた自負がありましたが、これは精進《しょうじん》しないといけませんな。まだまだ未熟、未熟、はははは」

グドは引きつった笑みを浮かべる。

しかし……アムリアは難しいとは言ったが、不可能だとは口にはしていない。はたしてグドはそれに気付いていないのか、無意識に聞こえていないふりをしているのか。

どちらにしても、彼の胃と神経には、今以上に大きな負担をかける未来が待っていそうだ。

アムリアは友好的で可憐《かれん》な笑みを浮かべたまま、まだ動揺を残しているグドから次の情報を得るべく、あくまで静かな声音で畳みかける。

相手が弱気な態度を見せたなら、それを見逃さずに食らいつく。さながら猛獣めいた洞察力と攻撃性である。

「アナお嬢様は好機を逃しませんね。人の呼吸と間を読み取るのが上手です、とトルネは感心してしまいます」

トルネ——もといリネットの言う通りで、どうやらアムリアは度胸ばかりか観察力や判断力もいつの間にか鍛《きた》えられていたらしい。アムリアがその気になれば、あっという間に人を手玉に取る名うての詐欺師《さぎし》になれそうだ。

リネットからの高評価が耳に届いていないアムリアは、決して嘘《うそ》ではないが、心情の全てというわけでもない言葉で、グドへ語りかけ続ける。

「もし可能であれば、ロマル帝国に更なる波乱を招く若き獅子のご尊顔《そんがん》を拝したいと思っただけですから。難しいようであれば、無理にとは望みません。ところで、先程は過激派の方ばかりお名前を伺いましたけれど、少数だけいる穏健派の代表はどなたなのですか？　よくある劇の演目やお話にたとえますと、レグルさんの妹君や恋仲の女性が穏健派の代表で、対立している場面ですが」

冗談めかして言ったアムリアに釣られて、グドも少し笑う。

「おお、そういえばお伝えしておりませなんだな。いや、それにしても、いささか観劇に影響されすぎですぞ、アナ様。太陽の獅子吼で穏健派と呼べる勢力を纏めているのは、リオレという長老格の老婆の獅子人です。父祖の土地を取り戻し、ロマル民族を追い出したなら、それ以上戦火を広げる必要はないのではないかと、主に部族の若い衆を相手に訥々と語りかけているようです。長く争いと差別の歴史を見てきたからでしょうな。ただ……いかんせん、ロマル帝国がまだ大きな戦力を残しておりますし、初戦に勝利を重ねた興奮と歓喜がありますから、休戦や停戦を考える者は少数。終戦ともなれば、ほとんどいないようなものです」

「そうですか。私にこう思う資格があるのか分かりませんが、平和を望む声が小さいのは、悲しいですね」

偽《いつわ》りのない悲哀《ひあい》の色を浮かべたアムリアの表情を見て、グドもまた同じように悲しげな表情を浮かべた。

グドは決して薄情ではないが、同時に商人として感情と行動を切り離せる人物だろう。しかしこの時ばかりは、目の前のアムリアにつられるように感情を素直に示している。

「ただ単に戦いがなくなれば、それが平和というものではないのです。特定の成果を得た上でなければ平和に意味がないと、当事者達が考えている間は、そうそう争いは終わりません。それにしても、今のロマル帝国の状況は、他国の情勢もあってかなり複雑です。私の知る限りですが、さすがに他国の者に膝を突くのは勘弁だと、帝国の者も反乱を起こした側の者も考えているようですがねえ」

その〝他国の側〟についているグドとしては、自身が利益に与《あずか》る為にもアークレスト王国が介入しやすい状況を望んでいるのだろうか。

まさか目の前にロマル帝国の隠された皇女がいると知ったなら、グドはどのような反応を見せるだろう。

ロマル帝国の皇女というアムリアの素性こそが、場合によっては状況を動かす切り札となり得る。

アムリアも、札あるいは駒《こま》としての自分の価値を客観的に理解している。

以前ならばともかく、今の彼女ならそこまで考えが到っていてもなんらおかしくはない。こうしてグドと話しながら、同時に自分をどう使うのが最も効果的かと思考を巡らせているのかもしれない。

双子の姉にあたるアステリア皇女は、常人離れした思考の速さを持つ才女として知られているが……ではアムリアはいかなるものか。

†

協力者であるグドと無事に接触出来た私達は、彼らに旅の荷物と馬車を預けて、早速ウミナルの中を見て回る事にした。

事前の詰所での件もあり、アムリアは不承不承という様子ではあったが、顔を隠す為にフードを被せ、アルダム商会が籍を置いている異国風の衣装に着替えている。

鮮やかな刺繍の施された藍色《あいいろ》のスカートに白いシャツ、袖のない深緑色のコルセット、それにフード付きのショートコートという構成になる。

念には念を入れて、違う顔に見える幻術を込めた魔法の指輪を左手の中指に嵌めてもらっている。あくまで人間の姿のままでウミナルの中を歩き回りつつ、アムリアが二度目の騒ぎを起こしたと知られないようにする為の処置である。

もし再び詰所なりで素性を問われたら、アムリアがアルダム商会に留まっている間暇なので、商会と取引のある異国の女性の用心棒がてら観光していると言い張る予定だ。

用心棒をしながら観光をするというのは、嘘ではないしね。

かくして私達は、青い海から寄せてくる波の音が全身を揺らす港へと足を向けた。

港では、次の航海へと向けて商品となる香辛料や陶器、名産品である海産物の乾物に上質の絹、真珠細工、オリーブオイルなどが、逞しい船員達の手によって船へと運び込まれていた。

それとは逆に、異国でたんまりと仕入れた茶葉や鉱物、反物《たんもの》、各種の酒、良質の木材や魔晶石《ましょうせき》に精霊石《せいれいせき》、それらの加工品が船倉から運び出されてもいる。

「ふむ、奴隷《どれい》の類《たぐい》は見られないな」

家族と引き裂かれ、故郷を追われ、劣悪な環境で海を越えて売り買いされる、奴隷という存在に追い落とされた無数の人々。

前世で数えきれないほど目撃し、今も褪《あ》せる事なく私の記憶に刻まれた光景は、幸《さいわ》いにしてこのウミナルでは再現されていなかった。

奴隷という存在に関して、アムリアやリネット、ガンデウス、キルリンネは縁遠いが、八千代と風香は故郷で見た経験があるのか、私の言葉にしみじみと頷いている。

「そのようでござるな。某と風香……ンン、フウが難破して海を彷徨《さまよ》っていた時は、たとえ奴隷に落とされてもいいから誰かに助けてほしいと、縋《すが》りたくなったものでござる。でもやっぱりひどい扱いは嫌でござるし……と、半々の気持ちで泣きべそをかいたもんでござるよ」

「あの時は鮫《さめ》のお腹の中に収まってしまうのではないかと、おしっこちびりそうにもなっていたでござるねえ。通りがかった漁船に助けられて、ここことは違う港まで運んでもらって、九死に一生を得たのでござったな、ハッチ。今にして思えば、人買いなりに売られなかったのは、彼らもまたロマル帝国に虐げられている立場であったから、国は違えども同じ獣人を無下《むげ》に扱うのは忍びなかったに違いない。理由がなんであれ、拙者とハッチとしては感謝するばかりでござるよ」

「ハッチさんとフウさんの故郷でも、奴隷制度はあるのですか？」

アムリアの問いに、ハッチこと八千代とフウこと風香は二人とも、う～んと考え込む。

これまでアークレスト王国で過ごしている間に、八千代達は故郷である秋津国《あきつこく》の歴史についてはそれほど詳しく話さなかったらしい。

話して楽しい話題ではないのは明らかで、二人とも分かりやすく悩んでいるようだ。

下唇を突き出したいささかはしたない顔の八千代が、物憂《ものう》げな声で故郷の事情を口にする。

「飢饉《ききん》や戦禍《せんか》に見舞われた時に、口減らしと一時を凌《しの》ぐお金を得る目的で、子供を奉公《ほうこう》に出す話は今でもあるのでござる。一応、昔の人間の売買とは違う扱いではあるけれど、年貢上納の為の身売りは認められているし、我が故郷に奴隷はいない、とは言えないでござるよ」

「戦国の頃には、義に厚く信心深く、己の信念を貫く聖君と讃《たた》えられた大名も、民と武士を対等と示して領民に慕われた名君も、人間の売り買いはしていたでござるしねえ」

明るく楽しく幸せだけが続いている歴史というのは、どこの国にもないものだと、風香は哀《かな》しむでもなく、ただそれがこの世だと悟ったような声で締めくくった。

時折含蓄《がんちく》のある事を言うから、この二人を底抜けに陽気で楽しいポンコツ娘達と言い切れない。

「二人からの答えはどうだった、アナ？」

私がそう問うと、アムリアはしっかりした口調で答えた。

「昔の話であるのなら、今は少しでも違うという事でしょう。今も近い制度が残っていても、誰かがこのままではいけないと考え、それを国家単位で広めて改善した結果です。そしてそれをこれからも続けていけば、いつか奴隷は遠い言葉、遠い概念に変わるでしょう。その逆の可能性もあるのですけれど、私は私の見出《みいだ》した道を歩みたいと思っています」

「これは、思ったよりも頼もしい言葉が出てきたな。ハッチ、フウ、あちらではどう過ごしていたのだ？　帝国に来てからの影響もあるとは思うが、アナはずいぶんと逞しくなっていると思うぞ」

私の言う〝あちら〟とは、アークレストの王宮を指す。それなりの教師が用意されていたのは簡単に想像出来るが……

「周りの皆さんのご厚意で大いに学び、大いに食べ、大いに遊び、大いに眠りはしたでござるけれども、それ以上の事は特にはないと思うでござるよ～」

「拙者も拙者も～。ハッチと同じ感想でござるな。アナ殿ご自身はどのように感じておられるので？」

「私は、ですか？　ええっと……ハッチさんの言う通り、今もですけれど、私の我儘《わがまま》を叶えていただいたと感謝しています。そのお蔭《かげ》で本当に、たくさんの事を学べて、たくさんの方に生かされていると知り、その恩を何かしらの形で返したいと思うようになりました。それに、帝国に来てから見たもの全てが、私に流れる血の責任を、本当の意味で理解させてくれました。あそこから連れ出していただいてから出会った全ての人々が、今の私を形作ってくれたのだと思います」

「今の君は過去の結晶か。ふむ、ならその大した肝の据わり方も私達の影響というわけだが、これからの君がどうなるのか、どうするのか。楽しみでもあり、どこか恐ろしくもある」

私が偽りない本音《ほんね》を口にすると、これまで黙って話に耳を傾けていたリネットが、アムリアへと感嘆《かんたん》の眼差《まなざ》しを向けた。

「グヴェンダン様にここまで言わせるとは、本当にご立派です、アナお嬢様」

「まあ、ふふ……確かにグヴェンダンさんは大抵の事では驚かない方ですものね。私、凄《すご》い事が出来たと自信が持てます」

お淑《しと》やかに笑うアムリアに、リネットとガンデウス、キルリンネ達は三人揃ってうんうんと頷き返す。

このお嬢さん達の〝私至上主義〟は、鳴りを潜める気配すらない。そこまで持ち上げられても、当の私は面映《おもは》ゆくって仕方がないのだけれどなぁ。

私達は港の中や、近くに広がっている市場もしばらく見て回って、店先の品揃えがまだ豊富である事や、行き交う人々の顔にも笑みが浮かんでいるのを確認した。

一見すると人間にしか見えない為、明らかに歓迎せざる雰囲気の無数の視線を集めるリネットが、そんなものなど意に介さず、感想を口にする。

「食料品、嗜好品《しこうひん》、医療品、衣類、薪《まき》に炭、武具に到るまで、どれも不足なく並んでいますね。質もそう悪いものではありません。軍に優先して回されていても、これだけの質と量を維持出来ているのは、見事なものです」

「後方の支援態勢は整っているな。元々のロマル帝国支配時代から、海外への戦争を想定した整備がなされていた都市の内の一つというのも理由の一端だろう。しかし、その機能を活用出来ているのは、太陽の獅子吼の努力あっての事には変わりない」

「次に大きく動くとしたなら、太陽の獅子吼が反乱諸勢力の盟主としての立場を確保して、大々的にアステリア皇女かライノスアート大公を討《う》つ、と号令を発した時でしょうか？」

「エルケネイで集めた情報を考えると、反乱側も一枚岩にまとまってはいないが、帝国の勢力が残っているうちに争い合うほどいがみ合ってはいない様子だからね。まだ帝国という共通の敵がいる間は、血を流すほどの足の引っ張り合いはしまいよ」

　私の考えを聞き、リネットがポツリと呟《つぶや》く。

「まだ、ですか」

「ああ、まだだな。東西南北、どの方角からでも現在の状況を変える〝何か〟が来てもおかしくない状況だ。硬直した現状が否応《いやおう》なしに変わるのも、そう遠い未来ではないよ」

「では、このウミナルの平穏も長くはないのですね。そうなった時、隔離されているロマルの人々がどうなるか、このトルネなりに気掛かりです」

「ふむ、ロマル人の方が蜂起して血みどろの戦いを起こして、皆殺しという形で鎮圧《ちんあつ》されるか、それともロマル人側が帝国と連携して太陽の獅子吼側を殺戮《さつりく》してのけるか。口にするのも不穏ではあるが、両極端な血みどろの結果になりそうだ。レグルがどこに戦いの終着点を見出しているかも、アナではないが気掛かりだ」

「そうなりますと、やはりアナお嬢様の思うままに行動していただくのが、状況を動かすのには効果的ではないでしょうか？」

「好転するか悪化するかは、私達と王国の連携、それに北の動静次第だ」

北方の魔王軍が動けば、内紛が続くロマル帝国としても無視は出来まい。

「北……動き出す時期でしょうか？」

「隷属と宣戦布告を兼ねた使者が寄越《よこ》されてもいい頃だろう。あちらの私達だけで決めてよい話ではないから、中央まで丁重にご案内せねばならん。使者を殺害して帰すのが返事という野蛮な時代でもないのだからね。使者が来てからも、まだ時間がかかろうさ」

「いざ開戦となっても、なんの心配も不要とは存じますが、キルリンネとガンデウスは戦争の現場に立てないのを残念がるかもしれません」

「君以上に私に対して格好の良いところを見せたがる二人だからな。そんな事をしなくても、私はいつだって父親のような気持ちで君達を見守っているのだが……伝わらないのは私の不徳の致すところだ」

「このトルネを含め、見栄を張る年頃なのだと、どうぞ大きな心でお許しください」

「もちろん、大地より広く、海より深く、そして空よりも高い心で見守るのが肝要《かんよう》と、父親入門関係の書籍で学んだからね」

「……そのような本をいつの間に？」

「はは、まあ、私なりに色々と学ばねばと考えた結果の一つだよ。いつ買ったかは、恥ずかしいから内緒だ」

短いが濃い付き合いをしていると自負するリネットだったが、主人の思わぬ買い物と努力には、目を丸くするのを禁じ得なかった様子だ。

そんなリネットの態度が余計に気恥ずかしくて、私は照れを隠すように笑った。


それからかなりの距離を歩き回り、休憩を取ろうとしたが、人間であるアムリアやリネット達を連れている為、屋台や食堂では冷ややかな視線を向けられた。

注文しようと近づくと、露骨《ろこつ》に嫌な顔をされたので、私や八千代達だけで屋台で軽食を買った。

半日近く都市の住人達から悪感情に近い視線と態度を取られ続けて、さしものアムリアも精神的にかなり疲れている様子だ。

休憩する時にまで住人達の反応を窺《うかが》う気にはなれず、私達は人目を避けられる寂《さび》れた広場を見つけ、その片隅で休む事にする。

私達が口にしているのは、長いパンに色々な果実のジャムと、生の果実や干した果実を挟んだ、かなり甘めの品だ。疲れた体と精神に、甘味はとびきりの特効薬の一つだろう。飲み物の方は全員が携帯している金属製の水筒の茶や水で済ませる。

「甘い、柔らかい、酸っぱい、甘い、とても甘い、ぷちぷちしている」

「美味《おい》しいね〜。一日中これだけ食べていたいな〜」

パンを一口齧《かじ》ったリネットとキルリンネが、それぞれ感想を口にした。

「以上、私トルネとルリの感想ですが、いかがでしたでしょうか、グヴェンダン様」

「……端的に情報が伝わる感想であると思う」

ふむ、ウチの子達はここまで教養というか、語彙《ごい》が乏《とぼ》しかったかな？　私自身も似たような感想ではあるのだが、もう少しこう聞いていて美味しそうだと思える感想が出てこないものかな。

私もまたパンを平らげながら、アムリア達の方へと視線を転じる。

あまり手入れのされていない木製の椅子にハンカチを敷いてから腰かけたアムリアに、口いっぱいに甘いのを頬張《ほおば》る八千代と風香が立て続けに声をかける。

二人には失礼な話だが、疲れた様子の飼い主を案じる犬にしか見えん。

「アナ殿ぉ、やっぱりこの状況の都市を歩いて回るのは問題があったでござるよぅ。今日はもうこれくらいで切り上げて、グド殿の用意してくださっている宿へと戻るのが吉かと」

「ハッチの言う通りにするのが一番と、このフウも考え申す。ほらぁ、お日様もそろそろ海の向こうに沈みそうになっている事でござるし、今日一日、慣れない都市の中を歩いて回った疲れを癒《いや》さないと。体を壊してしまっては元も子もござらんし」

「はい。何事も体が資本ですから、今日はもうゆっくりと休ませていただこうと思います。グドさんの――いえ、アルダム商会の船は、しばらく出港出来ない事ですし」

厳密に言うと、出港しない、が正しい。

アルダム商会を通じて国外へ脱出しようとしている私達がウミナルに滞在する口実である。不運にも船に積むはずの荷物の到着が遅れていたり、船員に欠員が出たり、船に故障が見つかったり……といった具合にたまたま不幸が重なる予定になっているからだ。

偶然とは恐ろしいものだな……ふむはははは。

「それで、今日一日休んだら、明日、是非《ぜひ》ともお付き合いしていただきたい場所があるのですが……」

申し訳なさそうに告げるアムリアに、八千代と風香は即座に肯定の返事をした。

しかし私には、明日アムリアがする事が、彼女にとってこの都市で最大の行為となるのが薄々察せられた。アムリアからのお願いの中には、そう安請《やすう》け合《あ》いするべきではないものが含まれていると、八千代と風香はきっと思い知るなるだろう。

それは翌日、アムリアがロマル帝国皇女アステリアとして太陽の獅子吼代表レグルと極めて秘匿性の高い形で対面する、という形で実現するのだった。

†

アムリア達がレグルと対面する上で留意するべき点の一つは、レグルないしは彼に近い位置にいる人間と直接接触を図る事だ。

間にアシア派もレコ派も挟まないのが肝要である。二つに割れている過激派に間に挟まれては、レグルの態度や言葉に何かしらの配慮が含まれる恐れがある。

アムリアが欲しているのは雑物を含まないレグルの純粋な真意と方針なのだ。

グヴェンダン達以外の者が同行者であったなら、アムリアはここまでの無茶を試みようとはしなかったろう。しかし、グヴェンダンとメイド三姉妹の常人離れした戦闘能力とお人好しぶりを知悉《ちしつ》しているアムリアは、大胆な一手を選べた。

レグルは稀《まれ》にだが市外にある演習場や兵舎に赴《おもむ》き、前線に出る兵士達を相手に手合わせをする。あるいは指揮官以上の者達と意見交換をする為に、旧総督府から外出する事がままあるのが判明している。

彼の立場上そう頻繁《ひんぱん》に行われるわけではないが、幸いにしてグヴェンダンならば太陽の獅子吼側が厳重に隠蔽《いんぺい》の魔法を施した旧総督府の中だろうと、問題なく透視出来る。

こうした事情も、アムリアの目論見《もくろみ》に大いに味方した。

昨日一日、旧総督府に忍び込ませた虫型ゴーレムとグヴェンダンの透視によって、アシア派でもレコ派でもない、いわばレグル派と呼ぶべき者達の確認は済ませている。

彼らならばまず真っ先にレグルに情報を伝えて、指示を仰《あお》ぐだろう。そうなればアムリアとしては願ったり叶ったりである。

さて、アムリアは紛れもなくロマル帝国皇帝の血筋を受け継ぐ皇女であるが、その存在を秘匿され続けていた経緯もあり、太陽の獅子吼が素性を把握しているとは限らない。

だが幸か不幸か、アムリアは太陽の獅子吼がどうしても無視出来ない存在と瓜二《うりふた》つである。多少――いや、大いに不安は残るが、その人物に成りすませば、レグルとの面談が叶う可能性は充分にあった。

すなわち、双子の姉であるアステリアに成りすますのだ。

あまりに大胆だがアムリアにしか出来ないこの作戦には、当たり前だが不安要素はある。

過去にアステリアを実際に見ているグヴェンダンによって、顔が瓜二つという点は保証されているとはいえ、その人格まで完全に真似《まね》るのはまず不可能だ。

そもそもアステリアの人格に関する情報自体が不足しているのだから、半分も真似られまい。

太陽の獅子吼にアステリアの人となりを知っている者がいる可能性は低いが、アステリアではないと看破《かんぱ》される原因の一つとしては充分に考えられる。

また、単純に太陽の獅子吼の懐《ふところ》にアステリアを名乗って飛び込む事の危険性が危惧され、これも八千代と風香が声を大にして反対意見を出した理由だった。

いくらグヴェンダンやリネット達が行動を共にしていても、それとこれとでは話が別であり、わざわざアムリアが獅子の口に飛び込む必要はない。

〝こんこん〟と〝わんわん〟がそう騒ぎ立てるのも無理はない。

ただ、今回の帝国道中に限ってはアムリアの意思を最優先すると決めているグヴェンダンは黙して語らず、八千代と風香がアムリアに説得されるのを眺めているきりだった。


アムリアのアステリア成りすまし大作戦の決定が覆《くつがえ》らず、実行となってからの展開は実に早かった。

グヴェンダン達は既に、ウミナル市内で一般市民に扮装《ふんそう》して活動している太陽の獅子吼の諜報員《ちょうほういん》の存在を把握していた。そしてその中でもレグルへと伝達の系譜《けいふ》が繋がっている者達を選んで、ロマル帝国の間諜の存在をわざと気付かせる。

この場合のロマル帝国の間諜というのが、アムリアが扮する偽アステリアと、それを守るグヴェンダン達の扮する偽帝国軍人となる。

そうして彼らに自分達を捕縛《ほばく》してもらい、そこで捕まったのがまさかまさかのアステリア皇女だったと判明。この重大事がレグルに伝わって、こちらに会いにくれば目的達成となる。

あまりに都合がよく、かつ迅速《じんそく》な展開ではあるが、毎回こうも呆気《あっけ》なく話が進むわけではない。

今回はアムリアの願いを叶える為に、グヴェンダンが自重の枷を大幅に緩めているからこそ、冗談のように順調に進んだのだ。

しかしいくらなんでも、反乱勢力の中心地にアステリア皇女が足を運ぶなど軽率すぎるし、まずあり得ないと一笑に付されてもおかしくはなかった。

しかし、ここで役に立つのが皇女の世間での評判だ。

彼女は公平にして公明正大、聡明英邁《そうめいえいまい》なる才女として知られているが、それと同時にあまりに頭の回転が速すぎて、周囲の者達が理解の出来ない突飛な行動に出るとも知られている。

彼女からすれば合理性に基づいた最小の労働による最大効率の行動も、他者から見れば理解の外というのがざらなのだという。

そんなアステリアであれば、自ら敵対勢力の懐に姿を見せたとしても、常人には推し量れない確たる理由があるのだと、周囲が勝手に推測し、納得してくれる可能性が極めて高い。

それに、レグルと会えた後ならば、偽物だとバレてしまっても構わないのだ。

顔立ちの似た者か、後天的に顔を似せた影武者と誤認されても、それはそれでアムリアとグヴェンダンにとって都合の悪い話ではない。

後々、本物のアステリアと面談する機会に恵まれた際には、皮肉の一つも言われるかもしれないが……

第二章――――皇女と獅子

アルダム商会の事務所を出て数時間後、アムリアはウミナル市外にある演習場庁舎の奥まった一室にいた。

彼女の背後には監視役の屈強な男の獅子人と女の獅子人が二名の合計三名。テーブルを挟んで正面の椅子に腰かけたレグルと、彼の直属の護衛二名がアムリアと相対している。窓はなく、唯一の出入り口である分厚い扉の前にはレグルの護衛である男の黒豹人《くろひょうびと》が立ち塞《ふさ》がっている。

室内には照明の魔法具とレグルとアムリアの腰かけている椅子の他は、二人の間に置かれたテーブルしかない。

何より、この場にはグヴェンダンもリネット達メイド三姉妹も、八千代と風香の姿もなかった。

アルダム商会を出た時と変わらぬ服装のまま、アムリアはつとめて無表情を心掛けて、こちらの顔を穴が開きそうなほどに凝視《ぎょうし》してくる若い獅子人を観察していた。

グヴェンダン達が傍《かたわ》らにいない事への不安を感じている様子はない。

レグルは男の獅子人らしく黄金の鬣《たてがみ》を持つ猛々《たけだけ》しい雰囲気の青年である。まだ三十にもなっていないだろう。

その両手足は獅子の毛皮に覆われていて、胸元の大きく開いた灰色のシャツと青いベストに膝までの白い半ズボン、左肩には真紅のマントを羽織《はお》るという軽装だ。シャツからベストまで、彼らの部族で好んで使用される刺繍が施されている。

立場に相応しく、衣服に使われている素材は全て最高級品だが、獅子人の青年の醸《かも》し出《だ》す精悍《せいかん》な雰囲気と瞳の輝きが、彼が自らの命を賭《と》して闘う戦士だと印象付けていた。

周囲の護衛達は一言も発せずに、レグルとアムリアの対峙《たいじ》を見守っている。アムリアとグヴェンダンの思惑通り、この場にいるのはアシア派でもレコ派でもない、レグル直轄《ちょっかつ》の者達だ。

目の前の偽アステリアを観察していたレグルだったが、ひとしきり満足したのか、左手で頬杖を突いて口を開く。

その瞳には、反旗を翻した相手を前にした憎悪よりも、好奇心の光の方が強く輝いている。

「一応、自己紹介をしておこう。おれが太陽の獅子吼の代表を務めているレグル・レオニグスだが……お嬢さん、あんたが本当にロマル帝国のアステリア皇女でいいのかい？」

会った事のない姉を脳裏に思い描いて、アムリアは周囲からひしひしと寄せられる圧力に負けぬように表情を維持し、喉笛《のどぶえ》に噛《か》みついてきそうな若者に応じた。

「アステリア皇女がこの場にいるわけがないのはお分かりでしょう。ですから、そういう事です」

「ふぅん、そうかい。非公式の会談にしたいのかは知らんが、ならば勝手にこっちでアステリア皇女だと思わせてもらうぜ。あんたが皇女の影武者って可能性も充分にあるが、その顔は間違いなくアステリアだ。幻術の形跡はないしな。それにしても、わざわざこっちの懐まで潜入しておいて、偽装を見破られて捕まるなんざ……額面通りに受け取れば、この上なく間抜けな話だ。普通ならおれ達の敵はなんて間抜けなんだと笑えば済むが……アステリアが関わっているとなると、そうもゆかん」

ここまで言ってから、レグルは口元に浮かべていた笑みはそのままに、眼光を刃の如く鋭《するど》く変えて、アムリアの心の底まで見通そうと睨む。

「護衛の一人もいないとはいえ、あんたはこうしておれと面と向かっている状況に持ってきている。現状があんたの狙い通りだって可能性は、充分にある。アステリアって女は腹立たしいくらいに頭が切れるからな」

「ええ、アステリア皇女はとても評価されているようですね。本当にそのような評価を受けるに相応しいのか、私には分かりませんけれど。でも、こうして貴方と向かい合えるように動いたのは確かです。私は、貴方とお話をするのが目的ですから」

この状況は自分の狙い通りだと告げる偽アステリアの言葉に、護衛達が僅かに反応するが、レグルが一瞥《いちべつ》してそれを鎮《しず》めた。

一方で、アムリアの背後の三人は身じろぎ一つしない。

「へえ、おれと何を話したいんだ、皇女。おれ達はあんたらを徹底的に打ちのめすつもりで兵を起こしているんだぜ。中途半端《ちゅうとはんぱ》なところで手打ちになんざ出来ん。あんたらがおれ達と父祖に強《し》いてきた数百年分の屈辱ってのは、そういうもんだ」

「ええ、ええ、それは分かっております。ただ、私が知りたいのは、それ以外の部分です。レグル・レオニグス殿、ここには貴方の腹心ばかり。アシア派もレコ派も、リオレ派の方もいない。この場でなら、どちらに配慮する必要もない、貴方自身の言葉を聞けるでしょうから」

「ほー、おれ達の内情も知っているか。だが、それを訳知り顔で話されても、不愉快なだけだぜ。おれがアシアとレコに配慮していると？　はん、そこまで腑抜《ふぬ》けに見えるか？」

「いいえ、臣下の意を汲《く》む君主を腑抜けとは思いません。ただ先頭に立ってひた走るだけではいけないと、それを知った方の、当然の——そして賢明な判断でしょう」

「そうかい。噂《うわさ》のアステリア皇女に高く評価してもらえて何よりだ。これで敵じゃなけりゃ、もっと素直に喜んでいたがね」

レグルはあくまで伝法な口調を崩さず、アステリアを騙《かた》るアムリアの真意を探るようにしているが、これだけでもエルケネイで聞いた彼の評判と異なるのが分かる。

評判通りであったなら、力にものを言わせてアステリアを屈服させようとするか、短絡的《たんらくてき》に殺害してしまいそうなものだ。

「それも、こうして貴方と面と向かったからこそ分かった事です。今日までの間に私が集めた情報だけでは、私は貴方を誤解したまま、間違った判断を下していました」

「過剰評価でも過小評価でも、間違えてくれている方がありがたい。そういう意味では、おれが直々にあんたの顔を見に来たのは、失敗だったな」

「そうかもしれませんね。でも私としては、貴方に会いに来て良かったと思っていますよ」

「捕まったではなくて、会いに来た、か。この状況でよく言うね。外に十二翼将《じゅうによくしょう》か、それに匹敵する手駒を控えさせてんのかい？」

「いいえ、そのような事は」

アムリアはそう否定したが、ロマル帝国最強の個である十二翼将ですら比較にならないほどの存在が彼女の味方なのだから、この返答も嘘ではなかろう。

「レグル・レオニグス殿、簡潔に問いましょう。貴方はこの戦争をどこで終わらせるつもりですか？　終わらせ方は？　終わった後は？」

「ふうん、敵の最終目標を知りたいか。今更じゃないか、それ。おれ達が何を目指して帝国の支配を撥《は》ね除《の》けたか、最初に宣言したし、考えるまでもないだろう？」

「全て人伝えに聞いたものにすぎません。私は、貴方から直接聞きたいのです」

「頑固だな。分かっているだろう。貴様らロマル帝国を打倒し、我ら太陽の獅子吼を支配しようとする何人をも打倒し、おれ達がおれ達以外の誰にも支配されない世界を作る事だ」

「では、貴方達は貴方達以外の人々を支配するのですか？　そしてロマル帝国に属していた人々を支配するのですか、それとも滅ぼすのですか？」

幼子《おさなご》のように質問を重ねてくるアムリアに、レグルが苦笑しながら返答する。

「質問ばっかりだな。そりゃあ……」

しかしその続きは、遮《さえぎ》るように話を続けるアムリアの言葉によって封じ込められた。

「部族の誰の意見に左右される事のない、貴方自身の考えを教えてください。ロマル人の絶滅を望む声にも、支配を望む声にもよらず、レグル・レオニグスという人間の心が知りたいのです」

まっすぐに自分を見てくるアムリアの視線と言葉に、レグルはこの部屋に来てから初めて笑みを消し去った。

「おれの真意ねえ。アステリア皇女ってのは、聞いていた以上に頑固らしい。そして聞いていた以上にわけの分からん女だ。知ってどうにかなるものでもない事を知りたがる」

一瞬の間を置いて、笑みを消したまま言葉を重ねるレグルに、アステリアと誤解されたままのアムリアは小さく首を横に振った。

「どうにかなるものでない。そう考えているのは、貴方ご自身なのではないですか。自分がどんな考えを持っていようと、太陽の獅子吼の中で広がる思想を変えられないと」

それは一国にも匹敵する勢力の主に対して、あまりに不遜《ふそん》で恐れを知らぬ物言いであった。アムリアはレグルに、〝お前は自分の配下をまとめきれていないのだろう〟と指摘したのも同然なのだから。

さすがにこれを聞き逃すわけにはいかないと、レグルの背後で苛立《いらだ》ちを募《つの》らせていた護衛達が一歩を踏み出す。

彼らの滾《たぎ》らせる怒りとロマル帝国の皇族に対する憎しみを正面から浴びて、アムリアは華奢《きゃしゃ》な体を震わせこそしたが、視線をレグルから外しはしなかった。

それがレグルに語る決意をさせたのかもしれない。

「よせ。相手が皇女だろうが、丸腰の女一人に手を上げるなど、部族の恥になる。戦士としてもな」

「……しかし、この女は」

堪え切れず、血を吐くように絞り出された護衛の声に、レグルは悲しげに眉根を寄せた。

護衛が素直に自分の言葉に従わなかったと苛立っているのではなく、そんな声を出さなければならない事への哀しみだ。

予想していたレグルの人物像とは異なる反応に、アムリアは僅かに目を見開く。

「分かっている。お前達だけじゃない。〝そうしたい〟と腹の底で抱えているのは、おれもお前達も、アシアやレコも、なんならリオレ婆《ばあ》だって変わらん。表に出すか出さないかの差だけで、おれ達は誰もが憎しみを持っている。だが、今はそれを出すな」

「貴方が、そう言うのなら」

「悪いな。悪いついでに、これからの話は、お前らにも聞かせる気はないし、聞かせたくない話だ。おれとこの皇女さんを置いて、外に出ていな。なあに、扉のすぐ横で構わないぜ。おっと、反論はなしだ。おれが皇女さんに負けるとか言うなよ？　それに、これは言いたくはないが、お前達はおれの護衛だが、強いのはおれの方だ。違うか？」

本来、護衛とは守るべき対象よりも強くなければならないにもかかわらず、太陽の獅子吼において最強にして最高の戦士はこの若獅子なのだ。

それでも、明確に敵対している勢力の人間と自分達の勢力の総大将を二人きりにするのは大いに躊躇《ため》われる。

護衛達はレグルへの信頼と、アムリアが丸腰である事、扉のすぐ傍で待機する事などを考えて、渋々ながらも命令に従った。

レグルとアムリア、それぞれの背後に控えていた護衛達が、揃って部屋の外に出てから、レグルは改めて目の前の偽アステリアことアムリアへと向き直る。

「これであんたの望んだ通りの展開だが、つくづく噂で聞いていた話と違いすぎる。話だけで判断するなら、ここまで人間味のある目をした女だとは到底思えんし、合理性の欠片もない話を聞きたがるとも思えん」

「理解出来ない事をすると噂されているのは、私も承知していますよ。貴方の理解出来ない行動をしているというのでしたら、その噂の通りでしょう」

「はっ、屁理屈の類だと思うがね。言葉遊びが得意で口が達者だっていう評判はその通りだな」

ここでアムリアは、アステリア自身として応えたのではなく、あくまで聞いた噂話として返答するに留めているのがミソである。

「それにしても今の状況は、ちっとあんたと似つかわしくねえと思わざるを得ないってわけよ。なあ、お前さん、本当にアステリア皇女か？　考えてみりゃ、顔がおんなじで、魔法でそう見せているわけでもないってだけで、おれ達はあんたをアステリアだと決めつけていた。でもあんた、一度も自分をアステリアだとは口にしていないしよ」

この時、アムリアの心の内が暴かれていたなら、〝あわわわわわ〟や〝ぴゃ～～～〟という具合の、珍妙な悲鳴が聞こえただろう。

あまりにアムリアとしての地を見せすぎたせいで、合理と効率の塊《かたまり》と揶揄《やゆ》される姉アステリアと乖離《かいり》した言動になってしまっていた。

それを見逃さなかったレグルは、一時はアステリアと信じて仇敵《きゅうてき》を前に憎悪を募らせていただろうに、頭の片隅では決して冷静さを失っていなかったと言える。

エルケネイやその近辺で仕入れて来た情報では、太陽の獅子吼のレグルはもっと激情的で短絡かつ直接的だという話だったのに、これではまるで違う。

（あわわわ、レグルさんに疑いを持たれてしまっています。つい私の聞きたい事をお尋ねするのに夢中になって、アステリア……お姉様のふりをするのが疎《おろそ》かになってしまいました。いえ、そもそもアステリアお姉様のお人柄《ひとがら》については、グヴェンダンさんにお伺いしただけで、ほとんど存じ上げないのですけれども！）

内心では動揺しつつも、冷や汗一つ浮かべず、慌《あわ》てた素振《そぶ》りをほとんど表に出さないのだから、アムリアの土壇場《どたんば》での演技力と度胸もなかなか大したものだ。

「では、私はアステリア皇女の偽物としてお考えください。影武者か、それよりも皇女の名を騙る女詐欺師の方が、もっと愉快ですね」

ふふ、といかにも悪女といった印象を受ける笑みを零すアムリアを、レグルはこの上なくふてぶてしいものを見る目で観察している。

心の声を聞く耳でもなければアムリアの演技に騙される者ばかりだろうが、この青年はどうであろうか。

「はん、そのクソ度胸だけはアステリアよりも上かもな。もちろん、あんたが本物だって可能性も否定出来ねえ。だからこそ面倒なんだが……どうせそこんところも織り込み済みでこの状況を作ったんだろう？　あんたが描いた図なのか、それとも他の誰かに従ってこうしているのか。偽物かもしれんし、本物かもしれんし、それでもって自分自身の頭が切れるか、数多《あまた》の切れる奴が傍らにいるのか。どうだ、これが面倒でなくてなんだ？」

レグルはこれ以上ないほど言いたい放題だったが、改めて他人から言われてみると、アムリアも思わず頷きそうになってしまう内容ばかりだ。

グヴェンダンが頼りになるのをいい事に、色々と無茶を願った自覚はあったが、こうして指摘されると自己嫌悪すら抱きそうになるアムリアだった。

「おれは面倒事はさっさと片付ける主義だが、今回ばかりはそう安易に話を進められそうにもねえ。ところで、あんたの目的については聞かされたが、あんた自身はこの国をどうしたい？　他人に心の内を尋ねるくらいなんだ。だったら自分の心の内もすっぱりと曝《さら》け出《だ》すのが礼儀ってもんだろう。嘘か本当かはおれが判断するから、適当に嘘こいても構わんぜ。その程度の女だったと勝手に思うだけの話だ」

「この状況での嘘を許容出来たなら、私はこうして貴方と直に向き合おうとはしなかったでしょう。それはお分かりでしょうに、ずるい言い方をされるのですね」

「あんたの方がよっぽどずるいんだよ。覚えときな。ずるい真似をする奴は、自分がしたのと同じ以上の〝ずる〟をされても、文句は言えねえのさ」

レグルが暗に〝ロマル帝国がしてきた所業が、これからされ返されても、それは仕方のない話なのだ〟と告げているのに、無論アムリアは気付いていた。

「本当にずるい方。私の目的というか……その、願いと言いますか、そう大それた言い方をするようなものではないのですけれど」

もにょもにょ、ごにょごにょと言葉を濁《にご》すアムリアの様子の変化に、レグルは別人を見るような思いで眉を寄せた。

妄想《もうそう》のアステリアの演技の仮面が剥《は》がれて、アムリアという人間の素《す》が出ているからなのだが、アムリアを知らないレグルが多少戸惑《とまど》うのは仕方ない事だった。

「ものすごく大雑把《おおざっぱ》にまとめ、かつ根源的な動機を言葉にすると、皆さんが幸せになれるよう、この国の未来を良い方向に進めたいのです」

「……はあ？　抽象的すぎんぞ。その顔を見る限り、自覚はあるみてえだが、そんで、その皆さんってのには、ロマル人もおれ達のように反旗を翻した連中も含めているってオチかよ。ああ？」

「はい。そこまで含めての皆さんです。ご指摘の通り、こういう言い方をしますと、とても抽象的で、私自身もその結果に繋げる為の過程が、恥ずかしながらまだはっきりと定まってはいない有様《ありさま》なのです」

「繋げる過程って、結果は確定してんのかよ。絶対にそこまで持っていく覚悟は固めているって顔だな。しかしよ、目的だけが先走って中身が伴っていないんじゃ、どれだけ言葉を重ねようが、誰の耳にも留まらん」

「やはり、そう思われますか？」

なんでそこで嬉《うれ》しそうにするかよ――と、レグルは内心で愚痴を一つ零した。

ただ理想の到達点を語るだけで、そこに到る過程を語れないのでは、酒の席の戯言《たわごと》にも劣る。アムリアもそれは自覚していた。

「ロマル帝国に関わっている連中を全員幸せにしたい、ねえ。おい、それはなんの犠牲《ぎせい》も出さずに現状の混乱を収めると言っているようなものだ。とてもじゃないが、人間がどうにか出来るもんでもない。それを本気で望んでいるのなら、あんたは神にでもなるつもりか？」

「？」

アムリアは本気でレグルの言う事が理解出来ず、呑み込むのには数秒の時を必要とした。

顔も名前も知らない誰かを助けたいという願いを叶える事が、神になるという発想にどうしても繋がらなかったからだ。

そんな事は人間のままでは不可能なのだと痛感するほどの体験をしていなければ、諦めてもいないアムリアと、レグルの認識の違いの表れである。

「神様にはとてもなれそうにありませんから、私は私のままで頑張るつもりです。それに神様になんてなってしまったら、とても大変そうです。あと、採用はしていませんけれど、案自体はいくつか浮かんでいるのです。私一人でも案が浮かぶくらいなのですから、もっと多くの方達のお知恵を拝借出来れば、より良い案が出るはずですし」

「それはそうかもしれんが、それで話が通るのなら世の中はもっと血の臭いのしない、良いところになっていただろうよ」

世間を知らない子供に言い聞かせるようなレグルの言葉に、アムリアは困った表情に変わる。これもまたアステリアとしてではなく、アムリアの素の反応だった。

「やっぱり貴方は意地悪な方です。でも捻《ひね》くれてはいらっしゃいませんね。出来ない出来ないと言い聞かせるよりも、出来る出来ると肯定して、私を思い通りに操れるように心象操作すればよろしいのに」

「そうかい。なら、少しは捻くれたところを見せるかね。あんたの顔がアステリアと瓜二つだってのは確かだ。アステリアを捕えたって喧伝《けんでん》するのも、あんたがおれ達に降伏を申し入れてきたと吹聴《ふいちょう》するのも、あるいは帝国の連中とのでかい戦であんたを使うのも、どれも魅力的な使い方だ。使いどころを間違えなければ、あんたが本物であるか偽物であるかはさほど関係ない。どっちにせよ、あんたは使う価値のある顔をしているからな」

「あ？」

「まあ、怖い方。でも、ええ、でもそれも選択肢の一つとしては充分にあり得るものでしょう」

「私を使い、貴方達、太陽の獅子吼以外の——そう、私の考える皆さんを含めて幸せに出来るのなら、私をそのように使っても構いません。私の目的に添う形で私を最大限活用出来るのなら、貴方に使われるのを厭《いと》いません」

　臆せずそう言ってのけたアムリアに、レグルは思わず噴き出した。

「……ふ、ふふふ、ははははは。そうかい、そうかい、たとえ口だけにしろ、そこまで啖呵《たんか》を切れるとは、これは思った以上に大したお嬢さんだよ、あんた。その度胸に敬意を表して、おれの本音をちびっとだけ話してやるよ。他の奴らには聞かせられんが……」

偽アステリアことアムリアとレグルが二人きりの密談を重ねている中、扉の外にいた護衛達は落ち着かない様子だった。

ともすれば帝国の未来を大きく左右するかもしれない話が気になって仕方ないのだ。

特にアムリアの背後に陣取っていた二名の女性は落ち着きのない様子で、歩き回ってこそいないが、先程から尻尾が慌ただしく動いている。

男性の方はその光景に対して微笑みを浮かべて見守っているが、レグル直属の護衛二人はそうもいかない。

「おい、少しは落ち着け。殺気の類はないし、物音もしていない。中で大将が危険な目に遭《あ》ってはいないと分かるだろう」

護衛の片割れに言われた事に、女性二人が揃って尻尾の動きを止めるが、表情の方は心配だと大きく書かれたままだ。

「あ〜、いや、レグルど――レグル様の事は心配していないでござ……んん、心配はしていないのですが、どうしても落ち着かないもので」

ペタンと耳を伏《ふ》せる二人の姿には、レグルの護衛達も毒気を抜かれたのか、少しだけピリピリとしていた雰囲気を柔らかなものへと変える。

あまり顔を合わせた事のある相手ではないが、ここまで場の雰囲気を和《なご》ませる性格だったろうかと、直属の護衛達は内心首を捻る。

いずれにせよ、こうも感情を素直に出してしまうようでは、不向きな仕事が多そうだ。

それにしてもいつまで話をしているのだろうと、護衛達は疑問を抱く。

まだ本物であるという絶対的な証拠はないものの、あのロマル帝国皇女アステリアの身柄が自分達の掌中にあり、自分達の総大将が対面しているのだ。その状況には心動かされるものがある。

落ち着いている素振りだけは維持しているが、二人が何を話しているのか気になって仕方がないのは、レグルの護衛達にしても同じ事なのだ。

どういう結果になるのかと思案していると、廊下の向こうから慌てた様子の兵士達がこちらへと駆けてくるのが見えた。

その様子からもただならぬ事が起きたのは明らかで、そんな事態が発生する心当たりといえば、彼らの背後の部屋にいる人物以外には考えられない。

ロマル帝国皇女派の象徴にして次期皇帝候補の片割れであるアステリアだ。

「どうした。皇女を取り返すべく、ロマルの連中が派手に動き出したか？」

レグル直属の護衛の片割れの当たり前の問いかけに、兵士の中の一人が彼に近寄り、そっと耳打ちをした。

短いその報告を聞き終える頃には、護衛の顔には苛烈《かれつ》な戦士の相が浮かび上がっていた。

直属の護衛がたちまちのうちに戦う態勢を整えるのを見て、アムリアの背後にいた男性がポロリと呟く。

「ふむ、バレたか」

いつもの口癖を零したのは、幻術で変装していたグヴェンダンだ。

彼は部屋の扉を掴《つか》むや否や、蝶番《ちょうつがい》ごと引き剥がして、こちらを険しい視線で睨んでいた直属の護衛達に投げつけた。

グヴェンダンの剛腕によって投擲《とうてき》された鉄の扉を護衛が叩き落とし、兵士達が慌てて武器を構え直す。

「二人は彼女を！」

グヴェンダンの大声が、他の二人――グヴェンダンと同じく幻術を重ねた八千代と風香の体を動かす。

「おう！」

「承知！」

アムリアの事となれば、八千代と風香の動きは速い。

なんの躊躇《ちゅうちょ》もなく部屋の中へと飛び込む二人に、既にこちらに気付いていたレグルが黄金の風となって襲いかかる。

太陽の獅子吼最高の戦士に相応しい速度は、八千代と風香に死を実感させるのに充分だった。

しかし、レグルが振るった右拳《みぎこぶし》を背後から伸びてきたグヴェンダンの手が受け止める。

「ちっ、てめえらも仕込みの内かよ」

レグルは手加減なしの一撃を受け止められた事に少なからず驚きながら、燃えたぎる戦意を瞳に宿してグヴェンダンを睨みつけた。

闘争の場にあってこそ生の実感を得る、そういう類の男であった。

「存外、早くバレてしまったものだ。姿を借りている三人については、眠らせているだけで命に別状はないから、安心するといい。それにしても、隅っこの方に隠していた彼らが見つかるのには、もう少し時間がかかると思っていたのだがね」

「そうかい。生かしておくとはお優しいこった。それで、てめえらはアステリア派か、それともライノスアート派の工作員か？　どっちにしろ、死にてえんだよな⁉」

「死にたいわけがないだろう」

次の一撃が繰り出されるよりも早く、グヴェンダンはレグルを背後から迫って来ていた護衛達に放り投げた。

そして部屋の分厚い壁を殴りつけて崩壊させ、外への道を作る作業を終える。

アムリアは風香に背負われており、いつでも逃げ出せる準備は整っていた。

アムリアはまだ名残惜《なごりお》しそうにレグルの方を見ているが、ここに至ってはさっさとこの場を去るのが最善手だ。

「殿《しんがり》は私が務める。行け！」

「はっ！」

グヴェンダンの声を合図に、四人が部屋から演習場に飛び出す。

演習場の施設の外れに位置していた部屋の外には、演習用に均《なら》された平原が続いており、遠方にはちらほらと訓練に勤《いそ》しむ兵士達の姿が見える。

グヴェンダン達が密かに眠らせて入れ替わっていた兵士達が見つかった事で、演習場内には侵入者を知らせる警鐘《けいしょう》が盛大に鳴り響いていた。

宿舎をはじめ、各施設から大慌てで兵士達が駆け出してくる。

蜂の巣を突いたような騒ぎが広がる中、更なる火種が遠方から演習場のあちらこちらへと放り込まれた。

兵士達がそれぞれの上官の指示に従って動いているその頭上へ、次々と砲弾が撃ち込まれたのだ。着弾と同時に周囲へ赤やら青やら白やらと、様々な色彩の煙と爆風が広がる。それに巻き込まれた兵士達は、その場でうずくまって、くしゃみをしたり、咳込んだり、眠ってしまったりと、千差万別の症状を見せている。

演習場から遠く離れた場所に、相棒たる『苦痛たる砲声《ドロル》』を構えたガンデウスの姿があった。その隣には、ライノスアート大公派のベルギンテン伯爵《はくしゃく》との戦闘で確保した魔導砲を改造したものを構えたキルリンネとリネットもいる。

グヴェンダン、八千代、風香が変装してアムリアに付き添っている間、リネット達はいざという時に備えて、遠方からこうして脱出を支援する役目を担っていた。

演習場に警鐘が鳴り響く前に、グヴェンダンからの念話に応じて砲撃による脱出支援を始めたガンデウスは、立ち昇る色とりどりの煙を眺めながら、自分達の成果を口にする。

「特製くしゃみ弾、臭い弾、眠り弾、辛味弾、酸味弾、痺《しび》れ弾その他諸々、効果は抜群ですね」

「ほとんどの獣人は普通の人間よりも五感に優れる分、効果はばっちしだもんね。でも当然対策はされているみた〜い」

両手で携行《けいこう》魔導砲《まどうほう》を構えるキルリンネが、演習場全体に施された大気を浄化する付与魔法が発動するのを見ながら、状況を正直に述べた。その間も砲撃を加える手は緩めない。

太陽の獅子吼側がそれくらいの対策をしているのは想定内なので、ガンデウスも慌てた様子もなく砲撃を重ねる。

「予《あらかじ》め分かっていました。ならばあちらの対処速度が間に合わないほどに、砲撃を続ければよいだけ」

「あはは。えっと、私達らしい考え方だね、ガンちゃん」

力によるごり押し、ごり押し、ごり押し！　まさにこれがベルン流の思考形態であった。

ガンデウス達の世代はまだこの考えが通じる能力を有しているからよいとしても、次の世代になっても同じ思考形態のままだと、いつか痛い目に遭いそうだ。

リネットは妹達の会話を耳にしながら、殺傷ではなく嫌がらせに特化した砲弾を詰めた弾倉を手早く交換し続けていた。

「二人とも、おしゃべりはしたままでも構いませんが、決して狙いを間違えてはいけませんよ。いくら『悪戯砲弾《いたずらほうだん》』でも、直撃してしまえば最悪死に到ります。兵士の方々には当てないように」

三人は事前にグヴェンダンと協議して、太陽の獅子吼の兵士達に死者を出さない事を絶対の条件として定めていた。

太陽の獅子吼との敵対が確定していたら、通常の砲弾を使って演習場そのものと兵士達に大打撃を与えていたところである。

リネットの確認に、ガンデウスとキルリンネが頷く。

「もちろん分かっております、リネットお姉様。演習場を混乱に陥《おとしい》れつつ、ご主人様達の脱出を、一部除いて円滑《えんかつ》に進める為の支援を行う。この目的を忘れはいたしません」

「私も私も～。こうやって大砲を撃つのはあんまり得意じゃないけど、当てないように撃つくらいなら出来るもの」

「分かっているのなら構いません。脱出を確認後、私達もこの場を離脱して合流します。それでこのウミナルともさようならです。手筈《てはず》は良いですね？」

「もちろんです」

「荷物の片付けも、グドさんへの置き手紙も、準備は万全！」

ならばよいと、リネットはメイド服に身を包んだあどけない少女の姿にはまるで似つかわしくない大砲を脇に抱え、演習場への砲撃を重ね続けた。

一方でグヴェンダン達は、未だ幻術による変装姿のまま、着弾の轟音《ごうおん》が響き渡る演習場から最短距離で脱出するべく足を動かしていた。

「話したい事は話せたかい？」

風香と八千代よりやや後方を走るグヴェンダンが、風に声を乗せる術を使い、アムリアに話しかけた。

以前何度か使った魔法だったので、アムリアは特に驚いた様子を見せずに応じる。

「概ね、お話し出来ました。とても警戒されていて、本音の本音はなかなか話してはくださいませんでしたけれど、なんとか！」

大声を出す必要はないのだが、風を切る音がびゅうびゅうと耳に飛び込んでくる為、ついついそれに負けじと声を張ってしまう。

「ほう、あの短い時間でよく話せたな」

「私があんまりに物を知らないから、呆《あき》れている様子でした。多分、だからお口が弛《ゆる》んでしまったのだと思います」

「そのような性分の相手だったかね？　典型的な兄貴分としての面倒見の良さなどは持っていそうだったが」

「ああ、確かに面倒見は良さそうな方です。今の立場には自分が向いていないと強く自覚していらっしゃるようでした。だからといって、早々に放り捨てられる立場ではない事も、向いていなくとも相応しくなるしかないという事も、全て分かっていらっしゃいます」

「ふむ、手に入れた立場に目が眩《くら》む類の暗愚《あんぐ》ではないか。ロマル帝国で三竦《さんすく》みの状況を維持出来るなら、その程度の能力はあって当然だったな。ただし直情径行《ちょくじょうけいこう》なのは確かだ。三人とも、レグルが追い付いてきた」

「速いでござるな⁉　砲撃に邪魔されてまっすぐには追いかけて来られないでござろうに」

腰の長剣に見せかけた愛刀に手をやった八千代が、思わず背後を振り返りながら叫んだ。

純粋な身体能力において、レグルは八千代を遥かに上回るようだった。

こうして話している間にも三人の足は動いていて、既に演習場の外縁を縁取る石壁が見えていた。

ちょうど、目の前の壁がリネット達の放った実弾によって木っ端微塵《こっぱみじん》に粉砕されたところである。

破片と粉塵が立ち込める中、八千代と風香はその中へと突っ込み、事前の取り決め通りにリネット達との合流地点を目指す。

わざと捕縛される前に、グヴェンダン特性の身体強化の効能があるポーションを服用したお蔭で、疲労はまるでない。

「ポーションを飲んだ八千代と風香を上回る身体能力か。種族の事を踏まえても、肉体派の十二翼将に並ぶな。どれ」

八千代達の後ろ姿が壁の向こうに消えるのを見送り、グヴェンダンは足を止めてそのままくるりと振り返る。

その視界に飛び込んできたのは、護衛達を置き去りにし、単独で追ってきたレグルの姿。全身に闘志を漲《みなぎ》らせた若き獅子人の統率者は、愛用の得物である巨大な片刃の大剣を振りかぶっている。刀身のみならず、鍔《つば》から柄尻《つかじり》に到るまで、サファイアを思わせる青に染まっている。

相当に強力な魔法の武具と判断したグヴェンダンは、さすがに素手で受け止めてはやりすぎかと、自分の影から愛用のポールアクスを取り出した。

そして、大上段から叩きつけられてきた青い刃を受け止める。

「おれの一撃を受け止めるか！」

「帝国の魔操鎧《まそうがい》などでは相手にならん膂力《りょりょく》だな。若獅子殿」

「涼《すず》しい顔でそれを受け止めるお前はなんなんだよ！」

大剣が離れたのも一瞬、レグルの闘気が凝縮《ぎょうしゅく》された刃は、大気を切る音を鳴らしながら、幾度《いくど》も振り下ろされる。

天より落ちる雷鳴の如き一撃が、絶え間なくグヴェンダンへと襲いかかる。それを可能とするレグルの獅子人の範疇を超える膂力と強靭《きょうじん》な心肺、肉体への負荷を最小限に留める技量。それらに対するグヴェンダンの感想は、この一言に集約された。

「お見事」

しかし、あまりの速度と手数に壁の如き密度を誇った青の斬撃は、その全てをグヴェンダンが片手で操るポールアクスに受け止められていた。刃がグヴェンダンの鱗に触《ふ》れる事すら許されない。

「ちぃ」

百を超えてなおグヴェンダンの守りを突破出来ず、レグルは舌打ち一つを置き土産《みやげ》に後方に跳躍《ちょうやく》して距離を取る。

「うちの姫君との会話は如何《いかが》だったかな、太陽の獅子吼の代表たる獅子よ。こちらとしては充分な話が出来たとホクホク顔だったよ。わざわざ変装して君達の懐にまで潜入した甲斐《かい》があったというもの」

「そうかい。こっちとしちゃ、貴様らの幻術を看破出来なかった検査態勢の見直しをせにゃならなくて、頭を抱えたいんだがな」

レグルは微細な重心移動を繰り返し、隙だらけで構えるグヴェンダンをどう攻めるか、思考と肉体の双方でしきりに探っている。

「アステリア皇女とライノスアート大公の派閥の者が私達のように潜り込めたなら、君達にとっては大問題だからな。まあ、危機意識を持つのは大事だよ」

「呑気に言ってくれるもんだぜ。なあ、名も知らん侵入者さんよ！」

レグルの体が不意に沈んだ。予兆となる動作もなしに、レグルは鼻先が地面につきそうなほど低く構え、地を這《は》うかの如き姿勢でグヴェンダンとの距離を瞬時に詰める。

獅子というよりも獲物に迫る蛇を思わせる奇怪な動きから、レグルの大剣がグヴェンダンの右頸《うけい》部《ぶ》を目掛けて跳ねるように動く。

「獅子の風貌《ふうぼう》から想像もつかん動きをしてくるな。戦いに正邪もないという考えかな？」

しかしグヴェンダンは、驚いた素振り一つなく、ポールアクスの柄でぴたりと切っ先を受け止めていた。余裕しかないその姿に、レグルは眦《まなじり》を険しくして睨みつける。

「戦いに正邪なぞあるまい。好き嫌いはあるだろうが……てめえ、本当に何者だ。アステリア皇女の抱えている、十二翼将並の凄腕共の一人か？」

「アステリア皇女か。さて君が今日、出会ったのがアステリア皇女かもしれないし、そうでないかもしれないぞ」

「あの女と同じではぐらかしてばかりだな。真実を語る口は持たんのか？」

「持たないわけではないのだが……そうだな、では私に一撃を入れるごとに一つ、真実を語ろう。それを嘘と捉えるか真実と捉えるかは、君に判断を委ねる他ないが、どうかな？」

「あの女といい、てめえらは本当にこっちの神経を逆撫でしやがる。吐いた言葉は呑み込めんぞ！」

高まるレグルの闘気と怒りを浴びて、グヴェンダンはまったくその通りだと内心で同意した。同時に、リネットと八千代達が無事に合流した先で思わぬ者達と遭遇《そうぐう》していた事も、グヴェンダンは把握していた。

「自分から話を持ちかけておいてなんだが、時間制限つきでやらせてもらうぞ、若獅子」

「若獅子、若獅子と、上から目線で鬱陶《うっとう》しいぜ、あんた！」

「それはすまん。何しろ、ずいぶんな年寄りでな」

あくまでも余裕ある態度を崩さないグヴェンダンは、レグルにとってこの上なく癇《かん》に障《さわ》る相手だったのは間違いない。

戦いを仕切り直してから数度の攻防を経て、レグルは目の前のドラゴニアンが己の人生の中で最強にして最高の戦士であると認めざるを得なかった。

戦士としての強さを構成する要素は身体能力、技量、経験、天稟《てんぴん》、天運と数多ある。しかし技量以外の全てが突出し、思わず罵倒《ばとう》したくなるほど高い次元で並列している化け物と対峙したのは、グヴェンダンが初めてであった。

レグルの戦歴の中には、こちらの心理を読む読心術や、肉体を走る電気信号や臭いから動きを先読みしてくる者、未来を見る未来視の持ち主などもいた。しかし、グヴェンダンの場合は単純にレグルの動きを見てからの反応で、ごくあっさりと対処している。

特異な能力ではなく、純粋な身体能力でこれをされると、付け入る隙がない。

「見てからの反応で充分かよっ。一番、どうしようもねえな！」

「誇れるほどの技は持たぬが、目の良さならば、なかなかのものだろう？」

「その余裕、敵を苛立たせるつもりでやってんなら、効果は覿面《てきめん》だぜ！」

「ふむ」

そんなつもりはないのだが、という意味の〝ふむ〟である。

レグルは愛剣ライオブルーを両手でしっかと握りしめ、斬撃の重さに特化した渾身《こんしん》の一撃を、グヴェンダンの〝ポールアクス〟を狙って放つ。

青い斬撃はグヴェンダンから見て左下方より、胸の前に斜めに構えていたポールアクスへと伸びた。

相手の武器を破壊して戦闘能力を大きく奪う、あるいは破壊が叶わなくとも大きく弾き飛ばして、相手に隙を作り出す、レグルの得意とする技の一つ。おおよそ人体を模した姿形の相手ならば有効——そう断言出来るだけの実績を積み上げてきた技だ。

事実、ポールアクスの半《なか》ばほどに叩きつけられた衝撃は凄まじく、武器を砕くのみならず、常人ならば腕の骨はおろか全身に伝播して内臓破裂まで引き起こすだろう。

「ちぃ」

苛立ちを隠さぬレグルの舌打ちは、斬撃が意味を成さなかった事を如実《にょじつ》に表している。

これまでどんな豪力無双《ごうりきむそう》の戦士であろうとも、その手から武器を奪い、敗北させてきた一撃は、僅かにポールアクスを揺らしたきり。グヴェンダンに手放させるなど夢のまた夢だった。

レグルは自分の腕に伝わってくる衝撃に、幼い頃に父へと何度も打ち込んでは呆気なく弾き返された記憶を脳裏に思い描いていた。

それだけの彼我の差を——つまりは子供と大人ほども違うのだと、レグルが本能で認めたと言っていいだろう。

仮に十二翼将と戦ったとしても、ここまで自分の技も力も通じないと短時間で痛感させられるだろうか？

知らぬ間に、レグルの全身がじっとりと不快な汗によって濡れはじめていた。

「君が一人で飛び出すものだから、君のところの兵士が大慌てでこちらに集まってきているな。統率と動きの速さは見事なものだ。よく鍛えられている」

「そうかい。自分のところはもっと練度が上だと言いたいように聞こえるぜ」

「そうか？　ふむ、そのようなつもりはないぞ。純粋な称賛だとも。素直に受け取ってくれないと困るところさ」

意識せずともより上位の視点に立った物言いになっているグヴェンダンだったが、ここまで来ればどうやら素でこれらしいと、レグルは悟った。同時に、この態度は十二翼将が相手であっても変わるまいとも。

（考えたくはないが、おれや十二翼将なんぞよりも遥《はる》かに上の実力者か、自然とそういう態度になる上位者……か。皇室と何かしらの契約を結んでいる幻獣や精霊の類？　それならアステリアとライノスアートが骨肉の争いを始めた時点で、外憂《がいゆう》を招く前に動き出しそうなものだ。どうして今になって動く？　アステリアとライノスアート以外に重要な要素があるとして、やはりあのアステリアもどきが鍵なのか……？）

レグルは自分を知恵者だとは思っていないが、決して生来愚鈍《ぐどん》なわけではない。

自らの武力を頼みにするのも、それが最も効率的かつ犠牲を最小限に抑えられる場面での行使が大多数を占めている。

一瞬でいくつもの可能性の泡を浮かべては、消す作業を繰り返すレグルに、グヴェンダンは楽しげに話しかける。

「どうした。思考の袋小路《ふくろこうじ》に嵌りはじめている顔だぞ。私が宣言した事をもう忘れたか？　何かを知りたいのであれば、私に一撃を入れてみせるがいい。私の口に真実を語らせるのに、最も手っ取り早い方法が目の前にあるのだ。賭けに出てみてはどうかな？」

こういう態度がレグルの癇に障っているのだが、ここまで繰り返されると、離脱の時間稼ぎか、あるいは若者をからかおうとして意図的にやっているのではないかと思えてくる。

「ちっ……おれがガキだった頃の兄貴分よりも上から目線だぜ。あんたがおれ達の敵か味方かは分からん。だが、おれの全力をもってしても及ばぬ武威の持ち主であるのは、疑いようもない」

「ふむ？　ずいぶんと謙虚《けんきょ》な言葉が出てきたが、急にどうした？」

「うるせぇ、人が素直に評価している時に茶々《ちゃちゃ》を入れるもんじゃねえぜ」

「なるほど、黙って聞き届けるのが大人の態度か」

「ふん。つくづく、根っから他者を下に見る野郎だな。なに、あのアステリアかもしれない女を追いかけて捕まえるのが目的だったが、それを曲げてあんたに一撃を叩き込む事に決めたって言いたいのさ」

「ほう、それは光栄だ。アステリアよりも私の方に価値があると判断してくれたか」

最大限叶うならば、この場でグヴェンダンを討ち取りたいというのが、レグルの本音である。この場において突如として出現した超特大の不安要素を排除したいと考えるのは、不思議な話ではない。

問題はそう考えるレグル自身が、太陽の獅子吼を総動員しても、目的が叶うとは欠片も思っていないのと、そうさせるグヴェンダンの底知れぬ実力。そして未だにグヴェンダンが何を最終目的としているのかが、分からない点だ。

相手の狙いが不明では、その場凌ぎの対処ばかりで後手後手に回る危険性が増してしまう。故《ゆえ》に、レグルは口約束に全力で乗る決断を下していた。

「どちらかと言えば、おれの意地の問題だが……よ！」

一旦後方へと跳躍したかに見えたレグルは、着地と同時に低く身を屈《かが》めて地を蹴る。

脚部に蓄えられた力は地面を大きく抉《えぐ》り、愛剣ライオブルーの刀身と相まって、蒼と黄金の混ざり合う稲妻《いなずま》の如く駆ける。

これまで受けるだけに留めていたグヴェンダンが、レグルと交戦しだしてから初めて、攻撃らしい攻撃を加えた。

なんの事はない。右手一本で握るポールアクスを馬鹿正直《ばかしょうじき》に真上に掲げ、それをなんの工夫も技術もなく、これまたまっすぐにレグル目掛けて振り下ろしただけだ。

しかし、それがレグルの全身に、何よりも心に、途方もない圧力を加えてくる。

視覚も、聴覚も、嗅覚も、触覚も、生物としての生存本能の全てが、グヴェンダンの一撃に警戒を全開にし、生き残る術《すべ》を見出そうと足掻《あが》く。

レグルはその一撃に殺意を感じなかった。

——当たり前だ。グヴェンダンにレグルへの殺意はないのだから。

それでもレグルの肉体と心は、ただの力任せの不格好な一撃を、これまでの人生で最大最悪の脅《きょう》威《い》と認識している。

それは、レグル個人へと向けて発生した自然災害——天災だと断言しても、言いすぎではないだろう。

時に多くの人々の運命を狂わせる、大自然の脅威。たった一体のドラゴニアンが、それに匹敵すると、レグルは微塵も疑わずに判断していた。

(受ける? あり得ない。火山から流れ出た溶岩を正面から受け止める馬鹿がいるか。避ける。これしかあるまい。逃げるのではない。避ける、だ)

たとえどんなに小さな傷であろうと、この天災の如きドラゴニアンに一撃見舞ってやらない事には、レグルの腹の虫がおさまらなかった。

それはまことにちっぽけで、しかし決して捨ててはならぬ意地の問題であるのだ。

グヴェンダンが太陽の獅子吼最大戦力であるレグルを足止めしている頃。

アムリア達三名は無事に目的地であったウミナル郊外の林の一画へと辿《たど》りつき、既に砲撃を切り上げていたリネット達との合流に成功していた。

林の中には事前に忍ばせていた馬車があり、後はグヴェンダンが来ればいつでもこのウミナルを出立出来る。

合流が済み、グヴェンダンの施していた幻術を解除して本来の姿に戻ったアムリア達は、周囲の警戒と護衛をリネット達に委ねつつ、緊張を解していた。

グヴェンダンを置き去りにしてきた後ろめたさがまったくないわけではないのだが、心配するだけ無駄とも分かっている為、一行の雰囲気はそう暗いものではない。

「いやあ、姿を偽って敵地への潜入とは、まさにこれこそ忍びのなすところではないのか、風《フウ》の字《じ》」

けらけらと笑う八千代に対して、風香はげんなりと疲れ切った様子で耳をペタンとさせて応える。

「拙者はああいうのは苦手でござるわぁ。忍びに向いていないと言われたのも、拙者がてんで影働きが出来なかったのと、演技の〝え〟の字も出来やしなかったからでござるし～」

「ふふふ、しかり、しかり。風の字は〝なんちゃってくのいち〟でござったな。某も似たようなものでござるけど！」

「偉そうに言うこっちゃないでござるよ。とりあえず今回は――いやあ、今回もグヴェンダン殿のお蔭で万事うまくいっている途中ではあるが、アムリア殿の目的は果たせたでござるの?」

リネットから渡された水筒に口を付けていたアムリアは、風香に向けて朗《ほが》らかに笑う。

「はい。八千代さんと風香さんに無理をしていただいただけの成果は得られました。グヴェンダンさんには、まだ無理をしていただいている最中ですから、胸を張って言うには早いかもしれませんけれど」

「そこはほら、グヴェンダン殿でござるし、むしろうっかりやりすぎて太陽の獅子吼の兵士達を全滅させかねないのを心配するべきでござろうな」

風香の言うように、グヴェンダンが倒れ伏す太陽の獅子吼の兵士達を困った顔で見る姿を容易に想像出来るので、なんとも言えない苦笑がこの場の全員の口元に浮かび上がる。

あそこまで規格外の要素ばかりで構成された存在というのを、彼女らは他に知らない。

リネット達メイド三姉妹は他にも出鱈目《でたらめ》な存在を知ってはいるが、やはりグヴェンダン――ひいてはドランの方が頭一つも二つも図抜けているように感じられる。

一般的な基準で考えれば、リネット達三名も充分に非常識という評価を受けるに値《あたい》するのだが、そんな彼女らでも、自分達の主人とは比較しようという気すら起きない。

主人への、正しいが手放しで称賛されているとは言い難い評価に心底同意しつつ、リネットは周囲をぐるりと見回す。

「太陽の獅子吼ならびにその傘下の兵士達や斥候《せっこう》が、周囲を探っている様子は見られませんね」

その言葉に、愛用の魔導砲を肩に掛けた体勢で警戒を続けているガンデウスが同意する。

思う存分相棒をぶっ放せて、加虐《かぎゃく》の欲望が満たされたお蔭で、心なしか彼女の肌は艶々《つやつや》と輝き、血色も良く見えた。

「総大将が侵入者と一騎討ちをしているとあっては、下手に兵士を動かせないのではないでしょうか。指揮系統が相当混乱しているものと推察します。それでも全く動いていないわけではないでしょうが……」

ガンデウスの推察を、リネットは否定しなかった。

二人と比べるとのんびり屋なキルリンネも、手入れをしていた魔導砲を影の中に仕舞い込んで、自分の見解を口にする。

こちらは暴れられた事への快楽はそこまでないようだが、ウミナルまでの道のりがいささか窮屈《きゅうくつ》だった鬱憤《うっぷん》を、体を動かした事である程度晴らせたようだ。

「あのレグルって人は見えないところで手を動かしたり、舌を動かしたりとか出来そうにないけれど、出来ないなら出来る人間を傍に置けばいいって理解していると思うなあ。追加の襲撃の方を警戒すると思うし、グヴェンダン様が尾行される心配もない。太陽の獅子吼の人達に見つかる可能性は、偶然以外には考えなくっていいと思うよ。そもそも見つかっても別にどうって事ないよね。あはははは」

どこまでも陽気なキルリンネの笑い声は、林の向こうにまで響き渡った。

隠している不安など欠片もないその笑い声は、本気で太陽の獅子吼の全兵士に包囲されようと問題ではないと考えていると、聞く者に理解させるのに充分だった。

八千代は改めて自分達がとんでもない面々と行動を共にしているのを痛感し、力の抜けた声を零す。笑い声というよりは溜息だろうか?

「……たはは、キルリンネ殿の意見を否定出来ないでござるのう」

「拙者も八《ハチ》の字《じ》に同意ー。拙者とハチは無理無理の無理もんでござるけどねえ。グヴェンダン殿達四人なら、正直このままライノスアート大公やアステリア皇女のどちらに殴りこんでも、首級《しゅきゅう》をあげられちゃいそうでござるもん」

実際、それはグヴェンダンにとって赤子の手を捻るように簡単な話であったが、目下彼にはそれをする動機がない。

もしアムリアが自分が皇帝となってロマル帝国を生まれ変わらせる、革命を起こすのだと熱弁したとしても、グヴェンダンはそれに力を貸すのを良しとしないだろう。

グヴェンダンには独自の分かりづらい助力の基準がある。アムリアが率先して自らロマル帝国を征服するというのは、どうにも彼としては助力を拒否したくなる案件だった。

まあ、今のところ、アムリアがそれをグヴェンダンに頼む可能性はほぼないと言ってよいだろう。

皇帝になったとしても、何をすればよいのかと、途方に暮れるのがオチではなかろうか。

「う～ん、私としましてはそんな物騒《ぶっそう》な事をお願いするつもりはありません。私に国を統治する能力はないでしょうし、これだけの争いが起きた後のロマルで、そんな人間が玉座に就くのは許されない――というより、余裕はないと思いますよ？」

「そうですね、アムリアの言う通り、今回の騒乱で方々《ほうぼう》に後遺症が残るでしょう。すぐにそれらを建て直す能力のある者が求められるのは必定《ひつじょう》。すぐさま能力を示さなければ、再びいくらでも戦火の炎が燃え盛る下地が残っているでしょうから」

リネットは他者の耳がない為、アムリアを名前で呼び、そしてその意見を肯定した。

アステリアとライノスアートのどちらがロマル帝国の支配者になっても、一度崩壊した帝国の地盤固めには長い時間を要するだろう。そしてそれはアムリアであっても同じだ。

アステリアとライノスアートが、支配と抑圧を核とした統治体制を敷き直すのは明白な一方、アムリアが同じ立場になればどうなるかというと――本人も今一つ思い描けていない。だから、彼女は最も戦国乱世の覇者《はしゃ》たるに程遠い場所にいると言っていい。

そんな未来を考えてか、アムリアが憂《うれ》いを帯びた表情で、レグルに対して語っていた案の一つを口にする。

「こういう時には、隔意のある者達でも手を取り合わなければならない状況に追い込まれれば、以降の関係が比較的穏和なものに移行しやすいのでしょうね。色々と歴史の勉強をした中でそう学びはしたのですが……」

「ふうむ、アステリア皇女とライノスアート大公と反乱諸勢力が手を取り合って立ち向かう強大な相手ですか。アムリアとしては、それをアークレスト王国に担ってほしいと考えているので？」

リネットの質問に、アムリアは複雑な表情で答える。

「私が頼れる相手となるとそうなりますが、いくらなんでもその手を選ぶのは卑怯《ひきょう》というか、厚かましいというか、別の意味での遺恨を大きく残しますから、難しいかと」

「今は内憂《ないゆう》ですが、それが外患《がいかん》に変わるだけとも言えますね。リネットとしては、自分達が怨敵《おんてき》と手を取り合ってでも勝てなかったという敗北感と挫折を味わえば、それはそれで連帯感が生まれてよいのでは？　と思わなくもないです」

「それって、今度は王国の支配から脱却しようと手を取り合う結果に繋がるだけなのでは？」

「そこは王国の統治体制に期待しましょう。その際にはアムリアも自分自身を象徴として使うのを許容しているのでしょう？」

出会ってから一年も経ってはいないが、ロマル帝国に入ってから毎日顔を突き合わせてきているのだから、アムリアがそれくらいの事を考えているのは、リネットにも分かる。

「ええ、それはもちろん。私で役に立てる事はなんでもするつもりですから」

それを聞き、八千代と風香が口を挟む。

「某と風香的には、アムリア殿には危ない真似はしてほしくないでござるよ。あと、自分を粗末にするような真似も良くないでござるよ。とても良くないでござる」

「ござるござる。出自がどうあれ、アムリア殿はまだ嫁入り前の娘さん。そんな女性が我が身を犠牲にする選択肢を受け入れているというのは、世知辛《せちがら》いったらありゃしないでござるよ～」

「うふふ、それを言ったら、この場にいるのは全員〝嫁入り前の娘さん〟ですよ？」

「そういやそうでござった！　某も風香もちょっと自分が所帯を持つという未来図が思い描き難いから、ついつい……」

「はっはっは、ハチに到っては望まぬ婚姻《こんいん》から逃げる為に海を渡ったくらいでござるし。それに付き添った拙者も、婚姻はこりごりみたいな気持ちでござる。忍びに自由な恋愛など許されるもんではござらんし」

そう言って、なっはっはっは、と二人揃って笑う八千代と風香。

確かに二人とも婚姻とは縁が遠そうだと、ガンデウスとキルリンネですら思った。

アムリアもまたその素性から自由恋愛など望むべくもないが、このわんわんとこんこんはそれとはまた別の方向性で結婚の二文字とは程遠い。

和やかだが時々不穏な単語の混じる会話は、グヴェンダンが来るまで続けられるはずだったが――リネットが表情を淡い笑みから無に戻した瞬間に、終わりを告げた。

「ふむ、これはこれは。予想が外れて嬉しい事態でしょうか、それとも面倒だと感じるべきでしょうか」

リネットは周囲に視線を巡らせるのと同時に、影の中から愛用の巨大メイスを引っ張り出した。

次いでガンデウスは連射式のマジックボウガンを、キルリンネもまた愛用の大剣を取り出して肩に担ぐ。

愛刀に手を伸ばす八千代が、警戒も露《あら》わにリネットに問うた。

「偶然、某達を見つけた手合いでござろうか？」

「いいえ、太陽の獅子吼の手勢ではないようです。見覚えのある方がいらっしゃいましたね」

リネットの視線を受けてか、ぽつんと立つ木の陰から、黒髪を何本もの三《み》つ編《あ》みにした痩身《そうしん》の女が姿を見せる。

影に溶けて消えてしまいそうな黒革の全身服に身を包み、武器らしい武器は帯びていない。

だが、リネットに目の前の人類としては最高格の暗殺者を相手に、それだけで警戒の基準を下げるつもりはなかった。

「初めてお会いしたのは、アムリアを山の城から連れ出す時でしたか。今日はあの武道家さんはご一緒ではないのですね」

暗殺ないしは誘拐《ゆうかい》の危機に陥《おちい》っていたアムリアを、アークレスト王国へと連れ出した山中の戦い。その際にリネットがアームドゴーレム・ガンドーガの初陣《ういじん》を飾り、戦った二人組の片割れが、目の前の暗殺者ザナドであった。

ロマル帝国十二翼将に名を連ねてはいないとはいえ、十二翼将級の実力を有する暗殺者がわざわざ姿を見せたのだから、単にアムリアを暗殺しに来たわけではないだろうが……

ザナド以外の伏兵の可能性を考慮し、リネット達は警戒の念を全方位に巡らせる。

そんな中、ザナドはアムリアへと数歩進むと、片膝を地面に突いて頭《こうべ》を垂《た》れ、最上級の礼を示す。

「突然のご無礼をお許しください。私はアステリア殿下にお仕えするザナドと申す者。アムリア様とその護衛の方々とお見受けいたします」

リネットがガンデウスとキルリンネに目配《めくば》せをしている間に、意を決したアムリアが凛《りん》と引き締めた表情で応えた。

「私がアムリアです。アステリア皇女……私の姉に仕えているという貴方が、私になんのご用でしょうか？」

「アステリア殿下は、貴方様との会談を望んでおられます。以前、私が貴方をお迎えに上がった時とは時代のうねり、そして状況が変わっています。貴方様と直に話し合い、貴方を知るべきだ、そして自分を知ってもらうべきだ――と、アステリア殿下から言付《ことづ》かっております」

「なるほど……つかぬ事をお伺いしますが、どうして私がここにいると分かったのですか？」

「全てはアステリア殿下のご指示です。帝国を離れ、再び戻られて以降の貴方様の行動から、エルケネイに向かい、このウミナルを訪れ、太陽の獅子吼を統《す》べるレグルとの接触を図るべく動く事。それを叶えた後にどのようにウミナルから離脱するか。そして次にどこへと向かうのか。それら全てを、あの方は読んでおられます」

「そうですか。ふふ、貴方の言われる通りであるのなら、レグルさんがあのようにアステリア皇女を評価されるのも納得ですね。そして私が嬉々《きき》としてそのお申し出を受け入れるのも、アステリア皇女は——姉上は読んでいるのでしょう」

「アムリア殿、本気でこの者の話を信じるのでござるか？」

アムリアを背後に庇いつつ、八千代は自分では盾にもなれない上位者を前に、精一杯の威嚇をしていた。

しかし庇う対象のアムリアがこうまで相手の言い分に乗り気とは——いや、これまでの行動を考えれば、彼女にとっては一石二鳥の好機でしかない。

幽閉されていた頃のアムリアからは想像も出来ないが、いつの間にやらずいぶんと豪胆な度胸を身につけたものである。

「ええ。姉上と会い、その人となりを、真意を知る。それがこの国で私の知るべき最後の事、そして何よりも私自身の望みでもありますから、疑わしくてもそれが叶う可能性があるのなら、乗ってしまおうと思います」

「むむむ、全くの考えなしで誘いに乗るわけではないというのが、これまた反対しづらいというか、アムリア殿はますます策士になっているでござるなあ」

「策士ですか。では詐欺師と言われないように気を付けます」

そういう問題じゃないでござるよ——という八千代の呟きは、アムリアに聞き届けられる事なく、ぽつりと零れて儚く消えた。

ザナドは僅かに顔を上げて問う。

「ではご同行いただけるので？」

その質問に答えたのはアムリアではなく、いつの間にかザナドの背後に姿を見せていたグヴェンダンだった。

全身全霊で挑んできたレグルを相手にどのような戦いをしてきたのか、体はおろか服にも傷一つなく、軽々とあしらった以外にはどうにも想像し難い。

「無論、アムリア一人を預けるような真似は出来ん。私達全員の同行が条件だが、それは呑めるのか？」

「グヴェンダン様！」

アムリアやリネット達の口から一斉に名前を呼ばれ、当のグヴェンダンはそれに鷹揚《おうよう》に頷き返して自分の無事を示す。

ザナドはグヴェンダンの接近を全く感知出来なかった事実に戦慄《せんりつ》しながら、それでも平静を維持してグヴェンダンの問いに答える。

「はい。殿下より、アムリア様に少しでも安心していただくために、可能な限り要求を呑むようにと。また、護衛の方達を全員連れてくるのを望まれたなら、受け入れて構わないとも事前に」

「噂以上に聡明な方であるようだ。アムリア、これは真意を聞きだすのは至難の業かもしれんぞ」

「家族の情も通じそうにない方ですし、確かに強敵そうですね。でも、私はその双子の片割れです。

向こうにとってもきっと強敵だと思います」

アムリアがそんな風に悪戯っぽく笑うものだから、グヴェンダンはやれやれと肩をすくめる他なかった。

どうもアムリアは、グヴェンダンひいてはドランを翻弄《ほんろう》できる数少ない存在らしい。

「ふうむ……まあ、そういうわけだ。ザナド、アステリア皇女殿下のもとまでの案内、よろしく頼む」

かくして、アムリア達は残るロマル帝国の重要人物、アステリアとの会談に臨むのだった。

第三章――双皇女の邂逅

かつてザナドは、希代の武闘家アスラムと共に、アムリアの身柄を確保しようとして失敗した事がある。

その時とは異なる面々が、現在アムリアの護衛を務めているが、それでも自分の手には余ると、ザナドは冷静に判断していた。

特にグヴェンダンと名乗った人間寄りの姿をしたドラゴニアンは、いつでも隙だらけに見えるのだが、何故かその命を奪うのに成功するビジョンが欠片も思い浮かばない。

手勢の数という点では、アムリアは帝位継承者の中で断トツの最下位だが、質に視点を変えてみれば、十二翼将以上の人材をこともなげに傍に置いている。

やはりこの方もロマル帝国の正統なる後継者、血というものなのだろうか――と、ザナドは胸中で感嘆にも似た思いを抱いていた。

旧ロマル帝国領最南端の港湾都市ウミナルから、アステリアの勢力の帝国西部に到るまでには、いくつかの反乱勢力が奪還した土地を通過しなければならない。

グヴェンダン達はこれまで幻術やアークレスト王国の用立てた方法で、帝国東部から南部を旅してきたわけだが、今回はアステリア側の用意した経路と手段での旅路となった。

ザナドを案内役に、他にも見えないところで彼女の配下であろう影働きを担う者達に守られ、監視され、先導されながらの道中である。

しかしアムリアはどっしりと構えて、それぞれの反乱勢力の統治下にある土地と人々の様子に熱中していた。

グヴェンダン達への信頼を核に、ザナド達が姉の命令に従って、自分を全力で守るだろうと看破したのもあるが、人生のほとんどを山中の城に幽閉されて育った反動もあったろう。

先祖が奪われた土地と民族あるいは種族の誇りを取り戻したと、喜びに顔を輝かせる者。これまで自分達を見下し、虐げてきた帝国の人間達に復讐の機会をと声高に叫ぶ者。目的は果たしたのだからこれ以上戦は続かないでほしいと願う者。ロマル帝国に代わってこの地方の覇者となる夢に酔いしれる者。

――割合こそ異なるが、ウミナルでも見かけたような者達がどの土地を巡っても必ずおり、ライノスアート大公とアステリア皇女、反乱勢力の三竦みが出来上がっていた。

これはやはり、反乱勢力内に無数の派閥と思想が入り混じっていた為であろう。

道中、アムリアとグヴェンダン達は、時には商人、時には傭兵《ようへい》や難民、あるいはザナドの率いる暗殺組織の一員に扮して、アステリアの足元を目指していった。

これには、アムリアに土地ごとの実情の確認と様々な身分からの視点を多少なりとも体験させようという、アステリアの意図があったのではないかと、グヴェンダンは推測した。

自分と対面するまでに多くの情報を与えようとしたのだろう。

そうして彼らの旅路は順調に進んだ。

さしたる事件に巻き込まれる事もなく、アステリア皇女が本拠地とするロマル帝国西部最大の都市である公都バロルディにもう間もなく到着するところまで来ていた。

今は安全なバロルディに疎開《そかい》しようとしている貴族の令嬢とその護衛達、という当初の設定に戻っているのだが、その中でザナドは斥候や偵察を務める密偵に扮している。

各地からバロルディへと通じる主要な街道の一つは、アスファルト製の道は整えられて、道幅もたっぷりと余裕を持たされている。また排水溝の類も綺麗《きれい》に敷設されていて、雨の翌日にぬかるみが出来て、道行く人々の靴を汚す恐れはない。

今は内部分裂による憂き目を見ているとはいえ、さすがに何十代と続いてきた大国。国家の主要な都市間と、そこから外れた村落へも繋がる交通網の整備ぶりは、なかなかどうして見習うべきものがあると、グヴェンダンは感心していた。

皇室の流れを汲む大公が代々統治し、今や難民を含めて百万以上の人々がひしめくバロルディの威容《いよう》は、花や樹木の精霊達の守りがあるベルンとはまた違った趣《おもむき》がある。

バロルディを預かっていた老齢の大公とその息子から、穏便な形で統治者の座を譲り受けたアステリアは、その辣腕《らつわん》を遺憾《いかん》なく振るっていた。戦火はこの地の人々にとっては未だ対岸の火事にも等しい。

この現状でもまだ、アステリアはある程度加減しているだろうと、アムリアとグヴェンダンは確信している。この拮抗状態《きっこうじょうたい》を〝意図的に維持している〟理由を知る。それがアステリアとの会見に臨む大きな理由の一つだった。

今回の招きは渡りに船とも言えるが、同時にアステリアがアムリアに利用価値を認めていると示している。果たして姉妹の邂逅がもたらすものがなんなのか。アムリアにとって、それが今最も知りたい事だった。

ザナドとの短い旅路は、アステリアとその懐刀達《ふところがたなたち》が着実に、あらゆる場所に根を伸ばしているのをアムリア達に理解させていた。

そんな思いを、グヴェンダンが口にする。

「ふむん、結局のところ、アステリア皇女と君の組織の優秀さを痛感させられたというのが、今日までの旅路での私の正直な感想だな」

「はっ」

別に嫌みでも皮肉でもないのはザナドにも分かっているが、彼女の返答は実に明瞭簡潔《めいりょうかんけつ》だった。

ザナドはアステリアから、グヴェンダン達がベルギンテンの軍勢を壊滅させた下手人だろうと聞かされている。十二翼将であっても、ああまで一方的にとはいくまい。

常識的に考えるのならば、彼らはアークレスト王国がアムリアに用意した護衛なのだろう。しかし、かの大魔女メルル以外にこれほどの人材がアークレスト王国にいるのならば、ロマル帝国は早々に内乱を終わらせて、国力を早急に回復させるべきである。いや、むしろ増強しなければ、アークレスト王国に呑まれかねない。

故にザナドは、どうかアムリアとアステリアが争い、この化け物ドラゴニアンと戦う羽目になりませんように、と願わずにはいられないのだった。

「それではこれより我が主人のもとまでご案内申し上げます。皆様におかれましては、これまで通り、馬車の中にてあまり目立ぬよう……」

あくまで丁寧な言葉遣いを崩さぬザナドに対して、アムリアは朗らかな笑みを浮かべて了承を告げた。

「はい、心得ておりますよ。案内をよろしくお願いしますね」

育った環境の違いは大きいだろうが、それでもアステリア皇女がこのように笑みを浮かべられるのを見た事はないな——と、ザナドはふと思った。

†

ザナドによると、都のそこかしこに用意されている隠し通路を使い、アステリアの座すバロルディ城へと向かうのだという。

裏路地の枝分かれした道を何度も曲がり、住人に扮した帝国の後ろ暗い仕事を担当している者達が占拠している一画で馬車を降りる。そしてザナドの先導によって、家屋の地下へと繋がる隠し扉を通じて地下通路へと入った。

念には念を入れて、ザナドからの許可が下りるまで、アムリアはフードを目深《まぶか》にかぶって顔を隠している。

人間が三人は横に並んで歩ける通路の中は、光の精霊石を用いた灯りが等間隔に設けられていて、闇を完全に追い払っている。風はないが、カビ臭くはなく、埃《ほこり》っぽさもない。

快適と感じられる温度になっており、この通路にも魔法か何かしらの技術の恩恵があるのだろう。

先頭をザナドが進み、続いてグヴェンダン、リネット、それから八千代と風香に左右を挟まれたアムリアで、その後方をガンデウスとキルリンネが守っている。

「ザナドさん、私達に目隠しですとかそういった事はなさらなくてよろしいのですか？」

道を覚えられないようにする対処法の行使について、安直に尋ねてくるアムリアに、ザナドはなんとも率直で、なんとも無邪気な、と思う。なまじアステリアを知っている分、姉とは正反対の部分の印象が強まっているようだ。

「ご懸念なく。本来であれば堂々と迎え入れるべき御方をこのように秘してご案内しているのです。これ以上の非礼は極力避けるべしと、アステリア殿下のご命令でございますれば」

淡々と答えるザナドに、アムリアは特にこれといった感情を抱かなかったようだが、その左右を守る八千代と風香は小声で言いたい放題に話しはじめた。

いくら声を潜めたところで、このように狭隘《きょうあい》な場所ではどうしたって聞こえてしまうのだが、そこまで気の回る二人ではない。長所とは間違っても言えないが、そこが彼女達の持ち味だ。

「これは、やはり、某達を生かして帰さないという考えであろうか、風の字」

「死人に口なし。拙者達が死ねば、隠し通路の道順を他所《よそ》に漏らす恐れはなくなるでござるな」

思考形態がかなり呑気な二人ではあるが、守るべき対象であるアムリアに危機が及びかねない事態とあって、懸念を語り合う表情は極めて真剣だ。

「ううむ……しかし、自分で口にしたものの、某達を始末するのなら、わざわざバロルディまで連れてくる必要はないでござるからなあ」

「アステリア皇女がアムリア殿と会いたいというのは本当で、その結果次第で拙者達を始末する予定かもしれないでござるよ？」

「ううむ、虎の口の中へ自ら進んでいるようなものか。グヴェンダン殿達と一緒に行動していると、割とそういう事態が多いというか、力でどうにかする場合が多い故、あまり危機感を抱かなくなってきたでござるなあ」

「ござるござる」

呆れられているのか、褒《ほ》められているのか。どちらとも取れる風香と八千代の発言に、グヴェンダンは前世からなんでも力任せで押し通してきた悪癖《あくへき》だと、改めて自戒《じかい》する。

最後尾のキルリンネとガンデウスは、二人の発言に興味を引かれたようで、目隠しをされていない理由をああだこうだと話しはじめていた。

「私達が使用した後に出入り口を封鎖する」

この後の隠し通路について、ガンデウスが淡々と意見を口にした。キルリンネがそれに対する所見を返す。

「ん～、出入り口を封鎖するだけなら、それを解除すればまた使えるようになるから、対処としてはまだ甘いんじゃないかな～。それこそ、隠し通路に土砂でも流し込んで固めるとか」

「あるいは水を引き込んで水没させるか、城側の出入り口だけ封鎖して内部を罠と魔法生物やゴーレムなどで埋め尽くして、侵入者を抹殺《まっさつ》する罠として再利用」

「バロルディまで攻め込まれた事態を考慮すれば、アリかなあ？　この都市の地下がどうなっているかは分からないけどぉ、この通路の構造そのものを組み変えるとか」

「なるほど、道順自体を変えてしまうわけですか。キルリンネにしては良い発想です」

「え～、辛辣《しんらつ》～。まあ、そんな技術があればだけれど、ここってあの帝都と比べると新しいものねえ。古い仕掛けが残っているわけでもなさそうだけど、んん～」

暗に、帝都ロンマルディアには古い仕掛けがあると言っているも同然なのだが、今は主題ではなかった為、ガンデウスとキルリンネは早々に別の話題に移る。

「アステリア殿下の配下に、空間操作に特化した超能力者や魔法使いが在籍している可能性もありますね」

「想定するだけならいくらでも可能性を列挙出来るから、余計な心配をしているだけって気がしないでもないのがね～」

「バロルディ城には転移を阻害する魔法が張り巡らされていますし、魔法での転移が困難を極めるのは確かですよ」

「私達だったら～、遠くから魔法と砲撃を延々と繰り返して、この城塞を跡形もなく吹き飛ばして更地にするのが簡単というか、らしいかなあ？」

「城ばかりでなく地下に張り巡らされた通路ごととなると、市街の大半も吹き飛ばす必要が出ますね。ふむ、バロルディの城も市街もまとめて水没させるのが手っ取り早いですね」

「後は毒～？　うちって、毒には困らないものねえ」

キルリンネはほわほわとした声で恐ろしい内容を口にした。

確かに、ベルン男爵領《だんしゃくりょう》の上層部には凶悪な毒の使い手が二人ほど在籍しており、両者ともに百万都市を死滅させるのに充分な毒性と力量の持ち主だ。

大気に黒薔薇《くろばら》の毒を乗せて流すか、雨や生活用水に蛇毒を垂らせば、都市の有する浄化機構や毒に対する防衛機構を突破して、住人全員を毒に冒す事は出来る。

実行すれば非難は免《まぬが》れず、味方に反感を抱かせる危険性もあるが、戦争の最中では充分にあり得る手段である。

そんな会話を耳にしていたザナドだったが、二人の語る内容それ自体はさして気にしていなかった。

むしろ彼女の気を引いたのは、それを語る彼女らの声音に罪悪感や躊躇といったものが籠っていない点だった。どうやら外見は可愛らしい二人のメイドは、無辜《むこ》の民《たみ》といえども帝国の臣民に対して同情や配慮する必要を感じていないようだ。

能力の高さで言えばグヴェンダンとリネットの方が勝るだろうが、ガンデウスとキルリンネというメイドの精神性は、非常に危険なものを含んでいると判断せざるを得ない。

なお、アムリアの素性が割れている以上、グヴェンダン以外の面子《メンツ》が偽名を名乗っても、本当の名前と素性は遠からずバレるという判断から、一行は偽名呼びをしなくなっていた。

キルリンネとガンデウスからしてみれば、あくまで戯《たわむ》れに口にしているのであって、本当に実行するつもりも、それを提案する気もなかった。

保護者役のリネットとディアドラの教育によって、力を持たぬ弱者や戦闘に直接関わりのない者に犠牲を強いるのをよしとしない情緒は育っている。

ただ、命令に従うのを前提として創造された二人なので、命令を拒絶するという発想を得るほどにはまだ育っていなかった。その為、たとえ非人道的な所業であろうと、グヴェンダン達に〝やれ〟と命じられれば、躊躇いなく実行するのが、今の二人なのだ。

ガンデウスとキルリンネの素性を知らぬザナドからすれば、これまでの旅路で二人の人間らしい表情を見てきたのに、無邪気な残酷さを見せつけられたようなものだった。

いずれにせよ、このグヴェンダン一行にとって、隠し通路の存在などは純粋な力でも、毒といった間接的な手段でも、どうとでも出来る程度の障害でしかないのは間違いない。

「ここまで来れば、フードを取っていただいて構いません」

通路の角を何度も曲がり、坂や階段を繰り返し上り下りし、パズル状の鍵が施されている扉をくぐり抜けた先で、ようやくザナドから顔を出す許可が告げられた。

ふう、と小さく息を吐いてアムリアがフードを取る。他の皆も、開けた空間へと解放された事で大なり小なり雰囲気が和らぐ。

姉妹の秘密裏の接触とはいえ、アムリアは一国の皇女と会う為に、公の場での着用に見合うドレスを着用していた。

舞踏会で袖を通すような華美さはないが、濃淡のある青で染め上げられた生地は真珠の如き輝きを纏う最高級の絹が使われ、金銀や宝石を加工した糸による刺繍が施されている。

最上の素材と、最高の技術と、そこに高度な付与魔法と、古神竜のちょっとした加護も加味された、世界で一着のドレスである。

八千代と風香、そしてグヴェンダンら一行はというと、皇女の目に触れる可能性を考慮しつつも、いつも通りの戦装束《いくさしょうぞく》兼旅装束のままだった。さすがに腰に刀を差し、ポールアクスを担ぐというわけにもいかず、武器類はグヴェンダンが影の亜空間の内部に預かっている。

グヴェンダン達は、精細な薔薇の彫刻が隙間なく施された柱が並ぶ回廊の一画に導かれていた。背後を振り返れば、どうやらその柱の一つが隠し通路と繋がっていて、一行はその中から出てきたようだ。

「バロルディ城の中……いや、敷地の中にある離宮の方かね」

ざっと周囲を見渡し、回廊や壁の向こうに見える尖塔《せんとう》とバロルディ城の威容からそう判断したグヴェンダンの呟きに、ザナドは静かに頭を下げるだけだった。

おおよそ人の行き交う気配らしいものは乏しく、離宮を維持する最低限の人員の他は、いざという時にグヴェンダン達を取り押さえる為の精鋭くらいか。

その中に、特にグヴェンダンが反応せざるを得ないものがあった。無数の竜達の気配を纏う強者。該当するのは十二翼将の一人、竜騎士を束《たば》ねるカイルスだ。

「ふ、彼がいるのなら、アステリア皇女がいるのは確定か」

これで少なくとも、アステリアがアムリアを招いたのが嘘ではないのは、ほぼ間違いない。そう判断したグヴェンダンがアムリアに声をかける。

「アムリア、君の好きなように話すといい。アステリア殿下がどこまで君に求めているのかは分からないが、今回の一度きりという可能性もある。言いたい事は全て、言っておくといい」

グヴェンダンからの助言に、アムリアは少しだけ考える仕草を見せる。改めて何を話すかまとめ直したのだろう。今日、この離宮に到るまでの間に考える時間はあったが、いざその時が近づいてくると、アムリアは少なからず心臓の動きが速まるのを感じた。

「はい。言いたい事はそれほどないですから、きちんと言えると思います」

「そうか。なに、まだ言い足りないのに退去を求められたら、私がなんとかしてみせるとも」

「まあ、心強いお言葉ですけれど、あまり乱暴にはなさらないでくださいね」

「もちろん、最大限の努力をすると約束しよう」

「ふふ、でしたら安心してお任せ出来ますね」

とは言ったものの、アムリアもまた、これまでのグヴェンダンの思考と実績を知っているので、城の一画が崩壊するくらいは仕方ないと割り切っていたりする。

すっかりベルンの流儀に染まっているアムリアであった。

ザナドの先導と周囲の風景に同化しているその配下達はそのままに、アムリアは離宮の奥まった場所にある一室へと案内された。

部屋の前には竜を模した甲冑《かっちゅう》を纏う六人の騎士達が警護しており、グヴェンダンはどう反応していいやら微妙な表情を浮かべている。

カイルス配下の竜騎士達なのだろうが、竜種の頂点に君臨する者の前に、竜種の鱗や爪を素材とした武具を纏う騎士達が立つというのは、皮肉なものである。

竜騎士達は主君と瓜二つのアムリアの顔にも動じる様子は見せず、ザナドが目を向けるのに合わせて、二人がかりで分厚い鋼《はがね》の扉を押し開く。

扉にはいざという時には堅牢な防壁とすべく、対物理・対魔法防御の魔法がふんだんに付与されている。

それ以外にも軽量化の魔法が施されているが、有事の際には逆に重量化の魔法を付与して超重量による不動の防壁兼門とするのであろう。

無言の竜騎士達によって開かれた扉の向こうへとザナドが進み、アムリア達もそれに続く。

グヴェンダンの知る限り、人類の中で最も賢く、それ故に凡人とは異なる視点で世界を見ている皇女は、妹に何を求めているのか。それとも何も求めていないのか。

グヴェンダンは扉のさらに先、黄金の扉の向こうにある部屋の中で、彫像のように椅子に腰かけていたアステリアを見てそう思うのだった。

小さな窓しかない部屋の中は、豪奢《ごうしゃ》なシャンデリアの光の下で、歴史に名を残す高名な画家の手からなる絵画の如く美しく、荘厳《そうごん》な雰囲気に満たされていた。

中央の瀟洒《しょうしゃ》なテーブルに腰かけたアステリアの隣には武装したカイルスが立ち、少し離れたところに執事とメイドが控えている。

アークレスト王国の弔問団の一員としてドランが目にした時と変わらないが、こうしてアステリアとアムリアが向かい合う姿を見ると、鏡で映したかのようにそっくりだ。

違いがあるとするならば、アムリアがほどほどに緊張しているのに対し、アステリアはこの上なく完璧な、美しく見えるよう計算された微笑みを浮かべている事か。

値踏みしている視線には見えず、初めて会う妹に温かな肉親の情を抱いているように見せかけている。

「貴方がアムリア？　まるで鏡を見ているようで、少し不思議な気分。一応、自己紹介をしておきましょう。私がアステリア。貴方の姉になるのかしら」

そう尋ねたアステリアの声音もまた、その表情と視線に相応しい、作り物のぬくもりに満ちていた。素直なアムリアならころっと騙されてしまいそうだ。

グヴェンダンは自分に視線を向けているカイルスを無視して、アムリアの横顔を窺うが……その表情を見て、余計な心配だったと安堵《あんど》した。

憧《あこが》れなどない。恐れなどない。期待などない。失望などない。喜怒哀楽のどれもなく、アムリアはただただ透き通った眼差しで、生まれ落ちた瞬間から違う道を歩み続けてきた姉を見ていた。自分の目的を果たす為に。

「はじめまして、アステリア皇女殿下。私がアムリアです。恐れながら、お許しいただけるのなら、姉上とお呼びしてもよろしいでしょうか」

見本のような淑女《しゅくじょ》の礼をとって許可を求めるアムリアの姿と、先程の視線に、アステリアの目がかすかに細められる。

眼鏡に適《かな》ったと見るべきだろうか。

「ええ、もちろん。貴方と私は父と母を同じくする者。貴方に姉と呼ばれる事に、そして私が貴方を妹と呼ぶ事に、なんの不都合がありましょう。ふふ、ええ、貴方とは離れていた間の事をはじめ、たくさんのお話がしたいわ」

「はい、私も心からそう思います。姉上」

アムリアは目の前の姉であるはずの女性を、欠片もそうとは思えぬまま、微笑み返した。

それはアステリアが臣下と臣民に向ける、聡明で慈愛に満ちた皇女に相応しいように作った笑みと瓜二つであった。

アムリア達一行の人数が多かった為、テーブルは二つに分けられた。

八千代、風香、リネット、ガンデウス、キルリンネら護衛と従者の五人組と、アステリアと同じテーブルを囲むアムリアとグヴェンダンの三人組という組み合わせになった。

八千代と風香は傍目《はため》にも明らかなくらいに耳をピンと立てて警戒の態度を示し、視線はアムリアとアステリアの姉妹間を忙《せわ》しなく行き来している。

メイドの一人がしずしずと淹《い》れたハーブティーのカップを前に、アムリアが一瞬動きを止めた。

それを見て、アステリアが皇女としての微笑のまま話しかけた。

「毒など入ってはいません。どうしても気になるのでしたら、私が先に飲み、同じカップを使うとよいでしょう」

たとえ飲み物に毒が入っていなくても、カップに毒が塗られている場合もある。アステリアはそれを踏まえた上で、自分が先に口をつけた場所で同じように飲めば、毒はないと信じられるだろう、とアムリアに尋ねているわけだ。

アムリアはその言葉を最後まで聞き届けてから、エメラルドの蔦とルビーの赤薔薇の象眼細工《ぞうがんざいく》が施されたカップを取った。

そして躊躇う素振りを見せずに琥珀色《こはくいろ》の液体を口に含み、一口、二口とあくまで品よく、皇族同士のお茶会に相応しい所作で飲む。

「姉上、いささかお遊びが過ぎますよ」

「そのようですね、アムリア。貴方に会えるとあって、少し浮かれすぎていたようです。貴方が一度この帝国から離れ、アークレスト王国の庇護《ひご》下に入り、そして再びこの地を訪れてからの動向については私の方でも把握していました。ライノスアート大公――叔父様の支配地域から、温度差のある反乱勢力の各地を巡り、風聞では知る事の叶わない現実を目の当《まあ》たりにしてきたようですね。直接その目と耳、肌で彼らの現実を知るのが目的ですか？」

「はい。目的の全てではありませんが、一度はロマル帝国を離れた私が、再びこの地で何が出来るのか、何をしたいのかを改めて知る為に必要と考えて行いました」

「私にとって貴方の目的は理解しますが、それほど共感出来るものではありません。貴方という存在が自分の願望すら持たないままこの地を巡っても、帝国に騒動《そうどう》の種を増やすだけ。これは月並みな言葉ですね。そういう意味では安心なさい。今、私を含めて帝国で争っている者は、貴方の存在を精一杯自分達の利益に繋げられるように、謀略、知略、政略を巡らせています。そして、状況を変えるのに火種は多い方が良いと考える者の方が多いでしょう」

微笑みはそのままに告げるアステリアに、八千代が思わずといった調子で零す。

「堂々と口にしちゃうのでござるかぁ」

その呟きは聞き流し、アステリアはようやく偽りの微笑を消した。

そこにあるのは叔父との骨肉の争いを演じ続ける女の素顔だった。凄みや覇気《はき》、あるいは凛々《りり》しさといったものではない。文字通りの〝無〟がそこにあった。

人間らしい欲求や感情をまるで感じさせない表情は、それこそアステリアの本質の表れであったろう。先程までの笑みがまるで嘘のような顔に、八千代と風香が揃って目を丸くして驚いている。

「私も安心いたしました。姉上がそのように言われるのなら、私の身にはそれだけの価値があるのだと、改めて確信出来ましたから」

「あら、口を滑らせてしまったかしら。でも、ええ、アムリア、私の妹である貴方の身柄はとても有用です。私も叔父様も、貴方の使いどころは間違えないでしょう。帝国の統治にご不満の方々には、難しいでしょうけれど」

僅かに口角だけを上げたアステリアが、話題を転じる。

「それにしても、アークレスト王国は少し不思議な印象ですね。貴方を利用してロマルの大地を蚕食したいという欲求が確かに存在しているのに、奇妙なくらいに貴方の好きにさせている。貴方を傀儡（かいらい）としていいように操るのが目的なら、余計すぎる知恵と視野を与えているのが現状です。世界を知らせず、知識を与えず、狭い視野のままにしておく方がよほど御（ぎょ）しやすいのに、その反対の真似をしている。欲求と現実の行動に少なからず乖離が見られる」

「あの国の方々は私という個人を尊重してくださっているのです。だからといって、国益を二の次にしているわけではありません。国益を得るのは大前提として、そこに至るまでの過程を他の国の方々よりも重視されているのです。そうですね、今を生きる国民と後世の人々に対して、出来るだけ胸を張れるような方法で国益を求める傾向にある――と言えば、半分くらいは当たっているでしょう」

「それが本当なら、万民を率いる立場にはあまり向いてはいない傾向ですね。結果の為には手段を選ばない。こちらの方こそが常道なのですから」

少しばかり呆れを交えたアステリアの率直な意見は、王侯貴族のみならず何かしらの集団を率いる立場にある者ならば、その通りだと同意するだろう。

今の国王やスペリオン王子に限らず、アークレスト王国は代々、出来るだけ手段を選ぼうとする傾向にある。元を辿れば王家の人間が冒険者の、成り上がり国家だと笑い飛ばす気風が、そうさせているのだろう。

「建国からこれまで、失態らしい失態を犯してこなかった国家の王がそう言うのであれば、王には王に向いていない者こそが相応しいという結論になりますね。貴方も感化されましたか？」

「ええ、大いに。私、良い所に拾われたと何度も思いました」

アステリアの問いに、アムリアは素直に答えた。腹の探り合いの最中としては、迂闊《うかつ》なほどに素直な返答であった。

「そうですか。帝室の正統性を考えるならば、アークレスト王国の思想に染まった者を迎え入れるのは相応しくないと、家臣達は言うでしょうけれど」

アステリアはそうと考えていない、と言わんばかりの間が、部屋を満たした。

短い問答の間に、アステリアの中でアムリアにはどのような評価が下されているのか。

「姉上、私からも質問をさせていただいてよろしいですか？」

「ええ、私に答えられる範囲なら」

「姉上の目的はロマル帝国の皇帝の座に就く事。本当にそれですか？」

アムリアの口から出てきた問いを耳にしたなら、帝国の人間のみならず、周辺諸国家の誰もが、何を今更と言うだろう。

アステリアとライノスアートは、正統なるロマル帝国の継承者の地位を巡って、国を割る争いを始めたのだ。

一体、どこに疑問を挟む余地があるというのか。

「ええ。あまりに不公平で非効率的だったこれまでの帝国を、より効率的な国家へと再構築する。

だって、そうでもしないと、これまでの帝国の在り方は私にとって、あまりにも非合理的で、効率が悪くて、居心地が悪いのだもの」

「居心地が悪いから、それを解消するには国を作り変えなければならない。その為に皇帝の座に就く。姉上にとって皇帝は目的そのものではなく、目的を果たす為の手段であり、道具なのですね？」

「公《おおやけ》の場では口に出来ない話。帝国において至高の地位であり、最も尊ばれなければならない皇帝の座を道具として見ているなど、たとえ私が皇女でも、不敬であると罰せられてもおかしくはないでしょう。でも……ふふ、それは貴方も同じかもしれないけれど。貴方の目的の方こそ、私以上にロマル帝国そのものとこれまでの歴史に対して不敬なものだと、私は考えているのですけれど？」

アムリアにとっては、反論の言葉をすぐさま見つけられない切り返しだった。

思わず口を噤《つぐ》むその姿に、アステリアは再び微笑の仮面を被り直して、話はここまでだと切り上げる。

「貴方達はまだこのバロルディに着いたばかり。急がせた私が言うのもおかしな話ではありますが、まずは体を休め、旅の疲れを癒しなさい。宿はどうぞこの離宮をお使いになって。ここにいるのは、私と貴方の事情を知る者ばかり。離宮の中でなら、顔を晒して歩いても問題にはなりません」

アステリアは返答も待たずに、メイドに椅子を引かせて立ち上がる。

続いてアムリアも席を立ち、部屋を後にする姉に頭を下げて、礼の言葉を口にした。

「お心遣い、心より感謝いたします。姉上」

「私にも考えがあっての事。お礼の言葉は不要よ、アムリア」

初めて会う妹に対して告げるにはあまりに手短な、しかし、確かな姉妹の情に満ちた声音。アステリアは誰もが望むだろう家族への愛情に満ちた女性としての演技まで、ごく自然と行っている。ともすれば自分が演技をしているのか、素なのか、アステリア自身にも分からない時があるのかもしれない。

そしてその声音を耳にしたアムリアは、自分とこの姉が決定的に異なる内面を持っていると確信するのだった。


アステリアがカイルスと執事達を伴って部屋を出た後、新たなメイドが姿を見せて、用意された部屋へとアムリア達を案内した。

壁を埋め尽くす細やかな彫刻の数々に、調度品の放つ輝きの眩《まばゆ》さ、掛けられた絵画の息を呑むような美しさ。どれもこれも超一級の財宝ばかりが占める部屋だった。

そこにはアステリアの用意した使用人達の姿はなく、周囲にザナド配下の暗殺者達の気配もない。生体反応を探知するレーダーを内蔵しているリネット達三姉妹や、グヴェンダンでもなければ気付けないような、超一流の気配の遮断《しゃだん》だ。

そんな中、小さく溜息を零したアムリアに、八千代が気遣わしげに声をかける。

「アムリア殿、姉君とのお話で疲れてしまったでござるか？」

「少しだけ。自分で思っていた以上に緊張していたようです。あちらはそうでもなかったみたいですけれど、そこはやはり生まれながらの皇女と、新米皇女の差でしょう」

「まあ、アムリア殿は今のところは〝なんちゃって皇女〟でござるからねえ」

「八千代さんは遠慮がありませんね。ふふ、でも私もそう思います」

そう言って、アムリアは小さく笑みを返した。

その間に備え付けの台所を確認し終えたリネット達が、旅の合間に買い集めた茶葉を調合した特製ブレンドティーを淹れ終える。

簡単な冷気を呼び起こす魔法を使って、飲みやすい温度に冷ましておくのも忘れていない。それから、部屋に用意されていたものではなく、旅の道中で買い集めた保存のきく菓子類やドライフルーツを皿に載せて持っていった。

「改めてお口直しにどうぞ」

「ありがとうございます。あちらで頂いたハーブティーも美味しかったですけれど、リネットさん達の淹れてくれるお茶の方が、気分が落ち着きますね」

「そう言っていただけると、メイド冥利《みょうり》に尽きます」

リネットに倣い、ガンデウスとキルリンネも優雅《ゆうが》にお辞儀《じぎ》した。その姿だけを見れば、どこに出しても恥ずかしくないメイドだ。

彼女達の中身と戦闘能力を知らなければ、その美貌《びぼう》と愛らしさから、引く手数多だろう。

アムリアがブレンドティーを味わい、心底安堵した様子を見届けてから、彼女の向かいに座ったグヴェンダンが話しかける。

「アムリア、それで直にアステリアと話をしてみてどうだった。それとも、あの短い会談では、分かるものも分からなかったかな？」

「ええ、少しだけ分かった事はあります。姉上は、皇帝の座に就く事は本当の目的の過程でしかないと、暗に告げられました。そして皇帝の座について、姉上の言う合理的で効率の良い国造りが本当の目的だと仰っていました。でも、私には理想の国造りでさえも、あの方にとっては過程の一つでしかないと感じられました」

「ふむ、そうなると国造りの後にこそ、アステリアの求める本当の目的があるか。仮に彼女が皇帝の座に就く頃には、国内の内乱は静まり、彼女こそが帝国で至高の存在となる。国内に目を向ける必要がないのなら、向けられるのは外となるな」

もっとも、国内に火種はなくとも国力は相当落ち込み、回復に費やす時間は決して短くはないだろう。周囲の国々もロマル帝国を与《くみ》し易しと見れば、いつだって攻め込む準備はしているのだ。

グヴェンダンの言葉に続いたのは、意外にもガンデウスだった。楽しげというのとは違うが、少しだけ言葉に熱が籠っている。

「では、次に行われるのは対外戦争であると？　その可能性も考慮すべきなのでしょうか、グヴェンダン様。であるのなら、アークレスト王国がアムリア様を御旗《みはた》に掲げて戦うのでしょうか」

「アステリアに敗北した帝国貴族達の協力を得つつ、アムリアを皇帝の座に据える為にか？　そうなると、いたずらに戦乱を世界へ広げるアステリアを討ち、正統なる皇帝を据えるとでも方便を述べれば、形だけの大義名分は用意出来る。ガンデウス……アムリアを御旗代わりに輿《こし》に乗せて戦うのが、それほど愉快なのかね？　それとも自分に戦いの場が与えられるかもしれない事が愉快なのか？」

呆れを隠さないグヴェンダンの指摘を受けて、ガンデウスは怜悧《れいり》な美貌は幼子のように無垢《むく》なきょとんとした表情を浮かべていて、目をパチクリとさせる。

「私、楽しそうにしておりますか？」

そう言って、ガンデウスは両手で自分の頬を挟んだ。

「困った事にな。君の趣味嗜好についてはリネットとディアドラから聞いていたが、今のソレは、どちらかというと自分に運用される機会が恵まれるのを願っているのが、下地にあるようだ」

思考の根となる部分や価値観に、兵器や道具としての視点があるガンデウスにとっては、道具として使われるのは喜ばしい事らしい。

兵器として使われるに際し、多くの人命が死の危機に晒されるという現実とは別に、存在意義を全《まっと》う出来る機会に恵まれるとなれば、何より先に歓喜が出てくる。

ガンデウスとキルリンネは人間性を順調に育んでいるが、同時に道具としての自分を捨て去ったわけでもない。

「もしグヴェンダン様やアムリア様にご不快な思いをさせてしまいましたなら、伏してお詫《わ》び申し上げます」

「別に不快ではないよ。アムリアは？」

「私も気分を害したわけではありません。それにガンデウスさんだって、たとえば子供や戦う力のない人々が犠牲になるのを良しとして言っているわけではないのでしょう？」

グヴェンダンに水を向けられたアムリアが、ガンデウスに尋ねた。

「それはもちろんです。そのような品性を有しては、リネットお姉様やディアドラお母様に骨《ほね》の髄《ずい》から教育し直されてしまいます。私としては、これまでの旅路でお見かけしてきた難民の方々を生み出すような真似はいたしかねます。たとえそれが私の存在意義を満たす為であろうと、私はそれを否定いたします」

一個の人間として、胸を張って自分の考えを誇り高く告げるガンデウスに、じっと傍らで話に耳を傾けていたキルリンネが、元気よく姉の言葉に乗る。

「ガンちゃんだけじゃなくって、私もそうします！　私もガンちゃんも、戦う為の兵器として生み出されましたけど、それに従うだけなんて決められていないので、違う生き方をしても良いと思うので！」

「うふふふ、そうですね。私も皇女として一度は捨てられた身ですけれど、こうしてまた帝国の地を踏んでいますし、自分の生まれに従う必要はないのでしょう。むしろ自分が幸福に生きる為に利用するという気概で臨むくらいで、ちょうどいいのかもしれません」

外見は年長のガンデウスとキルリンネがリネットを姉と慕っているのは、二人の特殊な出生に理由がある。その詳細は伏せられていたものの、何かしら事情がある事はアムリア達にも伝えられている。

それを知って以降、アムリアのガンデウス達への気遣いがより細やかになっていた。

自分とはまた違った特殊な生まれを持つ二人の生き方は、彼女からしても大いに関心を抱くものなのだろう。

「ふぅむ、アムリアの為の旅路だったが、ガンデウスとキルリンネにとっても、実りある旅になっていたようで、思わぬ収穫を得られたものだな。私としては喜ばしい限りだ。さて、話を戻すとしよう。アステリアの本来の目的と将来の行動については、外へと広がりを見せる類のものと推測されるが、これもまだ確信出来る段階ではない。こちらの手にしている情報が少ないからな」

「あの、グヴェンダンさん」

話をまとめたグヴェンダンに、アムリアが遠慮がちに呼びかけた。

「アムリア？　まだ他に何かアステリアと話して分かった事でもあったかな？」

「ええ。私達の今後の活動方針にどれほど関係があるのかは不明ですが、アステリア皇女は私に……私に姉上と呼ばれる事に何も感じていないようでした」

「ふむ」

アムリアが暗い表情になるのに気付きつつも、グヴェンダンは続きを促した。

「私に対して怒りはありません。悲しみもありません。憎しみもありません。妬《ねた》みや憧れなどもっての外《ほか》。本当に、私を単なる道具として見ておいででした。私がそれを理解する事も含めて、あの方はあのような態度をとられたのです。私には、姉上は本当に皇帝の座に興味はなく、それ以外に目的を叶える手段が見つかったなら、呆気なく捨てる程度の価値しかないのだと思えてなりません」

「権力と富を手にした者が次に求めるのは、不老不死、永遠の命と相場が決まっているが、私の目から見ると、アステリアはそれを求めるような人間にも見えん。案外、彼女が本当に求めているのは、ささやかなものかもしれないな」

†

アステリアとの会談後、バロルディ城内の離宮での日々は、意外なほどに穏やかなものだった。

アムリアは時折アステリアに呼び出され、姉妹らしさとは無縁の問答を繰り返し行っている。

深山の城に隔離されていた妹がロマル帝国を離れ、アークレスト王国でどのような教育を受けてきたのか。再びロマル帝国に戻ってからの旅で、いかなる考えを持つに至ったのか。

それを事細かに確かめ、姉は妹である自分の価値をより正確に把握しようとしているのだろう——と、試されているアムリア自身は考えている。

肝心要のアムリアをどう利用するかは、まだ不明のままなのだけれど。

その間も、八千代と風香は二人揃って必ずアムリアの行くところについて回っていた。そして姉妹の問答の間、話に全くついていけずに日夜睡魔と激戦を繰り広げている。

それでもこの二人がいるのといないのとでは、アムリアの精神的な余裕に雲泥《うんでい》の差が生じるのだから、二人の癒し効果を無視するわけにはいかない。

そして、そんな二人だけでは戦力的に安心出来ないからと、グヴェンダンとリネット達三姉妹の内、最低でも一人が護衛として加わっていた。

ではアムリアの護衛についていない間のメイド三姉妹は何をしているのかというと、なんとも大胆不敵というべきか、離宮に勤めているメイド達に頼んで指導を受けていた。

リネット、ガンデウス、キルリンネ達の本職はベルン遊撃騎士団の一員であると同時に、ベルン男爵クリスティーナに仕えるメイドでもある。

アークレスト王国流のメイドの作法については学習済みの三姉妹だが、メイドとしての技能上昇の為にと、ロマル帝国でのメイドの作法を学ぼうと考えたようだった。

異なる歴史、異なる文化、異なる地理、異なる風習の下で構築され、洗練されてきたそれらを学習した時、リネット達は彼女らの望む通り、メイドとしての格を上げるだろう。

アムリア経由でアステリアに届けられたその願いは、幸いにして許可が下りた。三姉妹は、皇女に仕えるロマル帝国最高峰のメイド達の下で、メイド道を極める為の一歩を踏み出すのを許された。

かくしてリネット達はアムリアの護衛と並行して、アークレスト王国のみならずロマル帝国でも通用する超一流のメイドとなるべく、涙ぐましい努力を続けている。

指導の名目でリネット達に何かしら敵対的な行動があってもおかしくはないのだが、数日が経過してもその様子はない。

至って真剣かつ厳しい指導が行われるのみで、密かに警戒していたリネットとガンデウスはどこか拍子《ひょうし》抜《ぬ》けしたものだ。

キルリンネばかりは変わらぬぽやんとした態度で、二人の姉に対して〝疑いすぎぃ〟と、ほわほわ笑うばかり。楽観的すぎるのか、それとも二人よりもずば抜けた観察眼でも持っているのか。意外と底知れぬ末の妹である。

一行がそれぞれ有意義な時間を過ごす中、アムリア側の最大戦力であり、その情報の少なさからも警戒されているグヴェンダンはというと、これが気まぐれな行動をしていた。

時にアムリアと行動を共にし、時にリネット達の指導を見学し、図書室で閲覧《えつらん》の許可された書籍に目を通し、あるいは許された範囲で使用人や衛兵達と世間話をする。

潜在的な敵対勢力の真っただ中にいるとは思えぬ自由さを発揮していた。

離宮の敷地からは一歩も出ていないが、行動力に溢《あふ》れたグヴェンダンが離宮を我が庭の如く把握するのに、さしたる時間はかからなかった。

物理的に、あるいは魔法をもって秘匿された隠し部屋に隠し通路、非常用の転移魔法陣まで把握しているのだから、アステリア側からすれば理不尽だと言いたくなるところだろう。

離宮内部に限るとはいえ、グヴェンダンを経由して本体であるドランに新鮮な情報が筒抜けであると知ったら、さすがにアステリアも何かしらの行動を起こしただろうか。

アステリアの居所にして、ロマル帝国最高峰の妨害措置が施された離宮から、なんの苦労もなく遠距離間で連絡を取れる状態にあるとあっては、容認出来る範囲を超えていよう。

「それも尋常《じんじょう》な感性や知識の主だったらの話か」

と、グヴェンダンは離宮の中庭でポツリと呟いた。

そこは専属の庭師が熟練の技量と瑞々《みずみず》しい感性を持って手入れを欠かさぬ中庭の一つで、綺麗に刈り込まれた植え込みの緑と、季節の花々の色合いが美しい。

水瓶《みずがめ》を抱えた美女の像を中心に据えた噴水では水中花が花びらを広げ、花壇《かだん》や床のタイルにも無数の彫刻が施されている。

本物の妖精かと見紛《みまご》う小さな石像が植え込みや花の影に隠れるように配置されるなど、遊び心にも溢れた見事な中庭だった。

クリスティーナの屋敷の参考にと、グヴェンダンは見学がてら思考を巡らせていた。古神竜としての思考は既にアステリアの願いを正確に理解していたが、ドラゴニアンとしての思考はまだ仮定と推測の段階に留まっている。

少しややこしい話になるが、グヴェンダンに限らず、ドラン本体と各分身体達は、常に古神竜と人間、ドラゴニアンとしての思考を並行して行っている。

人間として生きると決めている為、普段は人間の脳による思考が主導権を握っているが、その思考速度では間に合わない事態に際しては、古神竜側に主導権を交代するのだ。

アステリアに離宮へと招かれてからの時間は、目下、古神竜としての思考に切り替える必要のない緩やかなものだった。

その証拠に、今日のグヴェンダンはなんとも呑気な事に、日向《ひなた》ぼっこなどしていた。

これを今もアステリアと討論中のアムリアや最高難易度のメイド修業を行っているガンデウス達が知ったら、さすがに文句の一つくらいは口にしたかもしれない。

ただ、グヴェンダンには彼なりの考えがあっての日向ぼっこだ。

離宮の散策ついでに、潜むザナドやその配下達に声をかけて驚かせて回ったりしたのも、戦闘における最大の脅威が自分である事を改めてアステリア側に理解させるのが目的だ。

その為に、リネット達にはたとえ気付いたとしても、ザナド達には何も反応しないようにと伝えてあるほどだ。

ただ、リネット達でもザナドに関してだけは存在を察知するのは至難を極めたというのだから、かの暗殺者の力量の凄まじさに、グヴェンダンは改めて感心させられていた。

降り注ぐ陽光の暖かさと、離宮を流れる風が鱗や皮膚《ひふ》に触れていく感触を楽しんでいたグヴェンダンは、こちらに近づいてくる気配へと振り返る。

今も中庭に潜伏しているザナドの配下達とは別口だ。

燃えるような赤髪を逆立たせた若者がグヴェンダンにゆったりとした足取りで近づいて来ている。随所《ずいしょ》に竜の魔力を圧縮した魔晶石を埋め込んだ漆黒《しっこく》の甲冑を纏い、竜の意匠が施された兜《かぶと》を左手に抱えているその者は、ロマル帝国十二翼将の一翼を担う竜将カイルスだ。アステリアの保有する最大戦力の一人でもある。

アステリアと初めて顔を合わせて以降も時折遭遇する機会があったのだが、彼の方から足を運んできたのは初めての事である。

アステリアからの反応か？　とグヴェンダンは率直な感想を胸の内で零してから、改めてカイルスと向き合う。

「ごきげんよう、カイルス殿。私に用があると顔に書いておられますね」

カイルスに殺意はない。悪意もない。しかし熱意と気迫はある。

間違っても刺客《しかく》の類ではあるまいが、穏やかに話が済む様子でもない。

「自分は腹芸が苦手な性質《たち》なので」

グヴェンダンにとって意外に感じられるほど、カイルスは気安い口調で返事をしてきた。

その様子から、彼は何やら罪悪感めいたものを抱いているようだと、グヴェンダンは察した。

こうしている間に、何か後ろめたい事をしているのだろうか？

グヴェンダンが改めて知覚を研ぎ澄ませてみても、アムリア達に危険が迫っている気配はないし、予感もまるでない。

直接的に危害を加えてこないとなれば、あとは謀略に巻きこんでいる可能性くらいのものか。

（それにもう一つ、私を暗殺ないしは負傷させる腹積もりか？　はて、そこまで安直な真似をするようには思えんが）

グヴェンダンはそんな自分の考えを切り捨てた。

「いささか私が自由に出歩きすぎましたかな？　その事で釘を刺しに来られた？」

「その点についてアステリア殿下は気にしてはおられません。貴殿が本当に話をされるのが好きなだけだから止める必要はない、と言い付かっておりますので」

「ふむ、アステリア殿下の懐の広さには感謝する他ありません。とはいえ、私もお言葉に甘えるばかりでなく、自らを反省して行動を自重しなければなりませんな」

「そうされれば、貴殿の行動を快く思っていない者達も口を噤むだろう。さて、グヴェンダン殿、社交辞令はここまででよろしいか？」

少しだけ困った顔になるカイルスに、グヴェンダンはかすかに笑って応じる。

カイルスは立場上、ある程度は弁舌を振るえるように努力していると思われるが、素の性格としては飾った言葉や含みを持たせた言葉を操るのは、大の苦手なのだろう。アステリアとはまるで正反対だ。

「私をこの場に足止めするのが本日の貴方の目的ですかな？　カイルス殿」

「いや、言葉にするとなると少し難しいな。貴殿とこうして話しているのは、貴殿の時間を拘束する為ではないし、我が主君に誓《ちか》うが、こうしている間にアムリア様や護衛の方々に危害が及ぶ事もない。そういった策謀《さくぼう》を巡らせてはいないと断言しよう」

「ふむ？　ふむ。貴方に虚偽《きょぎ》が伝えられる事はありますまい。なれば言葉通り信じましょう。そうなると貴方の本来の目的はなんなのかと、考え直さないといけませんが……」

「大した事ではない。おれは家柄は多少あるが、武力で今の地位に就いた武辺者《ぶへんもの》。故に、今日に至るまでアムリア様の身をお守りしてきた貴殿の実力に興味があるのだ。客人である貴殿に対し、身勝手な願いではあるが、どうか聞き届けてはいただけないだろうか？」

「手合わせに異論はございません。しかし興味はあるが、それが全てではないという顔ですな」

「……貴殿は心が読めるのか？」

「この状況と、虚言の苦手そうな貴方のお人柄から推測しただけですよ。カイルス殿とて、分かりやすい状況と分かりやすいお人柄であるのは否定されないでしょう？」

「まったく、その通りだ。困ったな。貴殿には何もかもを見抜かれていそうで怖いな」

「自らを万能であると豪語出来ればよかったかもしれませんが、私にも不可能な事はありますよ」

「出来ない事はずいぶんと少なそうだ。ところで、手合わせの場所はどこにしようか」

「ここでよろしいでしょう。今後もアムリアを守るとなれば、場所を選んで戦える場面の方が少ないでしょう。どのような場所であれ、どのような時であれ、十全に戦えるようでなければ、アムリアの護衛としては不十分では？」

この時のグヴェンダンは一切武装していなかったが、彼が戦意を抱くのに合わせて足元の影からポールアクスの柄が伸びた。それを掴んで一息に引き抜く。

カイルスも似たようなものだった。彼もまた虚空《こくう》に右手を伸ばすと、そこに黒い穴が生じて、一本の槍を引き抜いた。グヴェンダンの習得しているシャドウボックスとは異なる収納魔法か、それを付与した魔法具の効果だろう。

石突きから切っ先に到るまで純白のポールアクスに対して、カイルスの引き抜いた槍の柄は黒く、穂先には竜の頭部を模した意匠が凝《こ》らされ、瞳には紫色の石が嵌めこまれている。竜の口から伸びる刃は深い緑色だ。

「鎧と同様に竜種を素材とした槍ですな。全身を竜で固めるとは、だからこその竜将の二つ名か」

「竜種の怒りを買いかねない装備に身を包んでいるだけの話さ」

自嘲《じちょう》するような言葉を受け、グヴェンダンはしげしげとカイルスの装備を見直す。

明確な意思とまでは行かないが、ぼんやりとした思念程度のものならば、カイルスの槍にも鎧にも宿っている。

それらの竜種の意思は、グヴェンダンの正体を理解はしていないが、遥かな上位者として畏怖《いふ》しているようではある。

ただ注目すべきは、それでもなおカイルスに使われるのを是とし、彼の力になるのを選んでいる点だった。分不相応な未熟者に使われているのではなく、自分達を使うに値する者だと認めているのだ。

竜種は気位《きぐらい》が高く、深紅竜《しんくりゅう》のヴァジェのように他種族に対して傲慢《ごうまん》な振る舞いをしてしまう者もいるが、同時に一度認めた者に対しては態度が一変する傾向にある。

カイルスの装備に宿る思念達もまた、そのようにカイルスに接している。

ならば——

(同胞の遺骸《いがい》を弄《もてあそ》ぶとは、と憤る必要はなさそうだな)

カイルスが兜を被って用意を整えると、どちらからともなく共に長柄の武器をその場で構えて向かい合う。ザナドの配下達なら放っておいても安全圏に避難するだろうし、使用人達はカイルスの手配によってか、影も形も見えない。

「この中庭を壊すような大技の使用は控えないといけませんな」

刃を交える前に最低限の注意事項を口にしたグヴェンダンに、カイルスはそういえばそうだ、と言わんばかりに頷いた。どうも無意識にグヴェンダンの力を感じてか、相当に緊張を抱いていたらしい。

「おれよりも貴殿の方が、よほど気が利くな。十二翼将としては恥ずかしい話だ。直す必要をひしひしと感じるよ」

「これまで皇女殿下が何も言われていないのでしたら、直す必要はないのでしょう」

「ふ、であれば幸いだが。では、声をかけたのはおれだ。おれから仕掛けるのが礼儀だろうな」

グヴェンダンが頷き返すのを待ってから、カイルスが音もなく一歩を踏み出した。

鎧の部位同士が触れる音もなく、力みのないゆったりと見える動作で槍が突き出される。

流れるような――ではなく、流れる動作だ。踏み出す足も槍を構える腕も、それを突き出す一連の動作までが徹底して無駄を排して洗練され尽くしている。ただの達人などでは一突き受ける事さえも出来ないであろう高みに、カイルスは若くして到達していた。

それほどの一撃を、グヴェンダンが眉一つ動かさず、ポールアクスの柄で軽く弾いてみせる。しかし、カイルスの表情に驚きの色はない。この程度は想定内という事だ。

弾かれた槍はすぐさま引き戻され、また突き出された。引いて、突き出す。単純なこの動作も、基本中の基本であるからこそ、修練を重ねれば最大の武器にもなり得る。

動作の起こりを見極めるのが至難を極める突きが、カイルスの短い吐息と共に間断なく放たれる。

穂先を彩る深緑が両者の間を埋め尽くし、深緑色の壁が迫るかのような超高速の連続突き。

大盾を構える重装歩兵の列をまとめて挽肉《ひきにく》と無数の鉄片に変える怒涛の突きを、グヴェンダンはカイルスと同じ手数で弾く。ポールアクスと槍の激突と、その度に発生する衝撃は、全て両者の技量によって相手に流れ込むよう調整され、周囲に無駄な破壊をもたらさない。

「ふんっ！」

突きから一転、カイルスが槍を横薙《よこな》ぎにして、グヴェンダンの左胴体へ叩きつけるように振るった。

無数の点であった刺突から横薙ぎへの変化に淀《よど》みはなく、突きに慣らされた目では追うのも困難という、カイルスの力量を前提とした必殺の変化。

それをグヴェンダンは開いた左の掌《てのひら》であっさりと受け止めて、お返しとばかりにポールアクスを叩きつけてくるのだから、さしものカイルスも後退せざるを得ない。

周囲への配慮なく振るえば、大地を砕き、海を割り、天を裂くと評したくなる一撃だと、カイルスは戦慄と共に舌を巻く。

魔法による強化や、武器に付与された魔法が発動した気配はなく、純粋なグヴェンダンの膂力で振るわれた一撃に、それほどの脅威を感じていたのだ。

なるほど、これでは十二翼将でも単独で戦いを挑むのは自殺行為に等しいと、ロマル帝国の最高戦力は潔《いさぎよ》く認めた。

グヴェンダンは自身の所属をアークレスト王国だと明言しているわけではないが、アステリアはそうであるとカイルスに断言している。

——怪物アークウィッチだけでも戦略級の脅威であるのに、グヴェンダンまでもが加わるとなると、アークレスト王国はこの二人だけで二国分の軍事力を得たようなものだ。

しかしその認識ですら大幅に甘い事を、カイルスは知らない。

この戦いでグヴェンダンはブレスをはじめとして、竜語魔法を含む各種攻撃魔法の使用を禁じていた。

それでも彼は、アムリアの護衛の為にドラゴニアンとして最高格の身体能力を持たされている。たとえブレスや攻撃魔法が使えなくとも、それがどれほどの脅威であるかは、余裕を剥がされたカイルスの姿を見れば、ロマル帝国軍人の誰もが理解するだろう。

一方のカイルスもまた、装備に宿る竜種の魔力を上乗せした彼独自の技術の使用を控えている。大地に深く根差した古木の如く不動のグヴェンダンに対して、カイルスは流水の如き足捌《あしさば》きから山を穿《うが》つ威力を持った突きを放つ。速度、威力、角度と全てに工夫と技巧を凝らされたその連撃は、芸術的でさえあった。

巻き添えになるだけで一つの軍が壊滅しそうな手合わせの中で、双方の得物の柄を噛み合わせた状態になり、カイルスが声を潜めてグヴェンダンに話しかけた。

「アステリア様……アステリアは妹君が〝あるもの〟を託《たく》すにたるか否か、それを確かめようとしている」

「ふむ？　何かは知らぬが、それがアムリアには重荷に過ぎるのではと、貴方は感じているようだ。詳細は告げられないながらも、せめて警戒と覚悟を促そうと、この場を作り上げたと？」

「我ながら中途半端な真似をしているとは思うが、アステリアはアムリア様を高く評価している。かねてからの考えを任せられると判断を下すまで、そう時間はかかるまい。もしそうなった時に、アムリア様の傍らにいるだろう貴殿の実力を、実際に知っておきたかったのだ」

「そちらの都合を一方的に押し付けてくれるものだ。託せると判断するのは勝手だが、それをアムリアが受諾《じゅだく》するかどうかは別の話では？　それも見越した上でのアステリア殿下の判断か？」

「ああ。きっと——いや、おれがこうして貴殿に話をするのも、アステリアにとっては計算済みの話だろう」

「掌で踊らされても構わない、か。はたしてこういう時になんと言えばいいのか。甲斐性《かいしょう》があると言うのは違うだろうが」

互いの武具で火花を散らしながらも、カイルスとグヴェンダンは淡々と会話を続ける。

「恋人に振り回されるのは楽しいものさ。貴殿らにまで迷惑が及ぶのを防げなかったのは情けない限りだが、今回の話に限っては、アステリアとアムリア様が双子の姉妹である以上、そうなる可能性の高い事態だった」

「宿命の類か。まあ、貴方がアムリアに憐憫《れんびん》の情を寄せるのは分からないでもないが、あの子は姉君に負けず劣らず強かで胆力もあると、私は評価している。利用するのがアステリア殿下ばかりとは限らんよ」

「そうであるのなら幸いだ。ただ、あのアステリアの血の繋がった姉妹であるのだからと、納得出来てしまうな」

しみじみと呟きながら大きく後退したと思いきや、即座に紫電の突きを放ってきたカイルス。それを受けるグヴェンダンはというと、〝これは尻に敷かれているな〟と、まるで状況にそぐわない感想を、確信と共に抱くのだった。

†

そのカイルスを尻に敷いているアステリアは、自身を擁《よう》する重臣達との戦略会議に出席していた。ライノスアート大公と南の反乱諸勢力、東西の敵国の情報を共有し、精査し、今後の方針を打ち出しているのだが、実はこれをアムリアとその護衛達も見学している。

無論、堂々と出席者の列に並んでいたわけではなく、会議の様子を覗き見出来る隠し部屋があり、そこに潜んでの事だ。

彼女達は、バロルディ大公を含むアステリア派の重要会議の内容をそこで見聞きしていた。

八千代と風香ですら驚きの声を漏らす重要情報の意図的な漏洩《ろうえい》であるが、提案者であるアステリアは素知らぬ顔で妹達を隠し部屋に置き去りにする始末。

わんわんとこんこんのみならず、今日の護衛として付き添っているガンデウスも、アステリアの考えを読み切れず、美しい眉を寄せて不審の色を深めている。

早朝から始まった会議は昼食と休憩を挟みながら夕方まで続けられた。

姿を隠して覗き見しているという状況に、まだ根が捻くれていないアムリア達は小さくない罪悪感を抱いていたが、会議終了直後休む暇も与えられず、別室に呼び出された。

アステリアは呼び出したアムリアの姿を確認するや、事務的な労《ねぎら》いの言葉を一つだけ口にして、今回の会議の情報を知った上での所見を矢継ぎ早に尋ねた。

ガンデウスは生まれ持った分析能力と記憶力の高さから、姉妹の会話に理解が追い付いていたが、八千代と風香はそうはいかず、同じ顔の二人を交互に見る動作を繰り返すばかり。

「……以上が、先程の会議から得た私の考えです、姉上」

「ええ、充分に聞かせていただきました。貴方の考えはほぼ私と同じです。少し、私より優しい考えですが、それは貴方の長所と捉えるべきでしょう。その差異は誤差として修正可能な範囲です」

「誤差に修正？　ですか？」

アステリアの言葉の意味が捉えきれず、アムリアが首を傾《かし》げた。

「ええ。貴方にも私にも、とても……そう、とても大切な話です。私は私にとって不要なものを切り捨て、貴方は貴方の願いを叶えるのに役立つものを得る。お互いの価値観で考えれば充分に成り立つ取引を、前々から考えていましたが、それも貴方と直接会ってからは最も重要なものとなりました」

「……まさか」

これまでとは異なり、どこか浮かれるように、あるいは秘密を打ち明ける前の子供のように見えるアステリアの態度に、アムリアはまさかと息を呑む。

そしてそのあり得ない可能性を考えて、この姉ならばあり得るという結論に辿りつく。

「ああ、なんという！　姉上、貴方は今のご自分を捨てる為に、皇帝の玉座を求めるのですね？」

「ええ、ええ、私の妹。私はようやく貴方が愛おしく思えてきました。貴方が私と同じ視点を持ち、同じように考えられる人間で良かった。とても、ええ、とてもとてもそれは素晴らしい。アムリア、アムリア……私は捨てる為に皇帝の座を求めているのです。捨てるという言葉が相応しくないのであれば、譲る為に求めています。代わる為に。アムリア、私は貴方をロマル帝国の皇帝にします。貴方もそれが自分の望みを叶えるのに手っ取り早いと、流血を最小限に抑えられると理解していますね。うふふ、こんなに胸が弾むのはいつ以来かしら？　もう分かっていますね、アムリア。分からないふりをしても無駄ですから、無駄な事はしないでね？」

にこにこと、この上なく楽しそうな笑みを浮かべるアステリアに、アムリア以外の三人は気味の悪い物を見る表情を遠慮なしに浮かべていた。

アムリアは呆れや諦め、そしてかすかな同情と怒りを込めた声でアステリアと最後の答え合わせを行う。

「姉上は、私を姉上として、つまりアステリアとしてロマル帝国皇帝の座に据え、そして、自身はアステリアである事を捨てるおつもりなのですね」

問うのではなく断言する声音の妹に、アステリアは最良の解答をした生徒を誇る教師のように満面の笑みを浮かべて返事とした。

アムリアを、アステリアとしてロマル帝国皇帝の座に据える。

それが今の目的だと聞かされて、アムリアは肺の中の全ての空気を絞り出すように長い溜息を零した。

八千代と風香はそれぞれの両目をまんまるいお月さまのようにする。

そして嬉しさを隠しきれずに笑うアステリアの美貌を、ガンデウスだけは、冷え切った眼差しで見つめている。

仮にアムリアが次期皇帝になるとすれば、それは確かにロマル帝国での旅路の中で、彼女の中で大きくなっていた望む平和の形を実現するのに、実に都合が良い。最短距離に近い道を進める〝手段〟であり、〝道具〟でもある。

それをこうも嬉々としてアムリアに与えると告げるアステリアの言葉を、どうして素直に受け止められようか。

思わず飛びつきたくなるような餌《えさ》を目の前にぶら下げてきたのだ。その行動の裏に、どんな悪意が潜んでいるかと疑うのは、当たり前の事だろう。

（しかし、アムリア様は姉君の言葉を事実だとして確信を持って受け止めている。アムリア様は世間を知ってもなお人の好い方であらせられるが、既に他者から寄せられる悪意や理不尽な仕打ちは十二分に知っている。それにグヴェンダン様が言われた通り、聡明な方でもある。そのアムリア様が確信しているのならば、やはりそうなのだろう）

ならばと、アムリアを好ましく思っているガンデウスは、一層精神と神経を研ぎ澄ませて、万が一の事態に備えつつ、姉や主人にこの場での会話を念話で繋げる行動に出た。

一方、ガンデウスから緊急の念話を受けたグヴェンダンは、手合わせの真っ最中であったが、動揺一つ見せず、なるほどカイルスの言ってきた事と符丁《ふちょう》が合うと、感心していた。

指導役の帝国メイドの厳しい視線と指導を受けている最中のリネットとキルリンネもまた、表情のみならず体のどの部位もピクリと揺らさずに訓練を続行していた。

この場に居ない三人がそのように反応する中、アステリアとアムリアの醸し出す空気にとうとう耐えきれなくなった八千代が、周囲を憚《はばか》らずに大声を出してしまう。

「しょ、正気でござるか、と言えないくらいに目が本気でござるよー！　これはまずいでござる」

口にした言葉が偽りではないかと疑う余地がないほどの本気を見せるアステリアに、八千代はヤバイヤバイ、ヤバイ！　としきりに連呼する。

何しろアステリアときたら、まるで要らなくなった玩具《おもちゃ》をあげるかのような気軽さで口にしたのだ。曲がりなりにも故郷の秋津国で武士階級であった八千代には、なおの事、理解の及ばぬ発言である。

八千代が慌てれば、当然風香も慌てる。忍びとしての心を揺らさぬ心得はどこへやら、ひええ、ひええ、と悲鳴の一歩手前くらいの声をしきりに発している。

「うわ、この御仁《ごじん》、本気でアムリア殿を皇帝にしてしまうつもりでござるよ⁉　とんでもない話を聞かされちゃったでござるぅ～～」

「ええ、その通りですよ、お犬さん、お狐さん。貴方達が理解出来ないと言うのも分かりますが、私にとってはアムリアが私の提案に価値を見出し、その有用性を理解してくれればそれで済む話。ふふふ、まだアムリアが拒否の一言も告げていないのに、そうまで私を警戒する必要があるのかしら、ガンデウスさん？」

取り乱す八千代達を見て微笑んだアステリアは、今度はガンデウスに視線を向けた。

「恥ずかしながらアステリア様が皇帝の座を捨ててまでお求めになるモノの想像が出来ず、このように不信感を抱く態度として表れてしまっています。恐れ入りますが、アステリア様におかれましては寛大《かんだい》なる御心《みこころ》でお許しください」

「よくも堂々と言ってのけたもの。貴方をはじめ、グヴェンダン殿、キルリンネさん、リネットさん達には皇帝となったアムリアの傍で力となってほしいものですが……」

僅かに目を細めて、檻の中に閉じ込めた獲物を見るような眼差しを向けてくるアステリアに、ますますガンデウスの警戒の念は深まる。半分以上はからかっているのだと分かってはいるが、残る半分以下のアステリアの感情がガンデウスの癇に障った。

「それはこのガンデウスの一存ではお答え出来ないものです。それにアステリア様のお言葉の通り、アムリア様はまだなんの返事もされておりません」

「ええ、ええ、その通り。私自身、いささかならず浮かれていたようです。話を急ぎすぎましたか、アムリア？」

「あの会議を私達に覗き見させた時から、まさか、そんなわけはないと否定しながらも薄々と感じてはいました。今の姉上の政治と軍事、財政の基盤となる方々の情報を私に伝え、自分の後釜に据えた後に、私が姉上として接しなければならない方々を今から覚えさせようとされたのでしょう」

「ロマル民族以外の人間種と亜人にも寛容な政策を取る私を神輿《みこし》に担いでいる方々にも、温度差はあります。今日の会議でそれがよく分かったでしょう？　自分の利益や影響力を増す為に、全体の利益を〝大きく〟損なう真似をしないだけ、まだ救いはありますね」

〝小さく〟損なう真似はしている、というわけだ。

「容赦《ようしゃ》のない評価をされますね。今日まで姉上を支えてこられた方々でしょうに」

「私も叔父上も正統な皇室の血統ですから、皇室への忠義はどちらの側についても同じですよ。叔父上ではなく私の側についている方々のほとんどは、自身と家の利益の為。勘違いはしないでほしいのですが、私はそれを悪いとは考えておりません。私はあの方々に私心なき忠義を求めているわけではありません。お互いに利益を与え合い、協力関係を築く。これは理に適った考えでしょう？　でも、バロルディ大公のように、少しだけですが、私が皇帝になればロマル帝国の為になると、国家への忠義から尽くしてくださる奇異な方もおられますよ」

　どうもこのアステリアという女性は、他者の感情に対する理解や共感が絶無《ぜつむ》とはいかぬまでも乏しいらしく、利益による繋がりをより重視している傾向にあるようだ。あるいは情動の機微《きび》に乏しい分、利益や効率という分かりやすさを重視する性格になったのだろうか。

数少ない忠義を尽くしてくれる者達に対して裏切るような真似をしているのだが、アムリアはそれを口にはしなかった。

何故なら姉からの提案は、確かに自分にとって価値のある事だと、自分もまた忠臣達を騙す選択肢を捨て切れなかったからだ。

「姉上、カイルス殿以外にそのお考えを伝える予定の方はいらっしゃるのですか?」

「皆無《かいむ》とは言いません。貴方は私の思考や言動を正確に模倣出来ますが、実行出来ない事も多いでしょうし、ふとした時に見せる仕草の違いもあります。先程の会議に出席していた者達の幾人《いくにん》かは、私と貴方の違和感に気付くでしょう。ええ、何人かにはもう後戻りが出来ない状況で明かすつもりです」

つまり今のアムリアのように、状況を作り上げてから、というわけだ。

「姉上は本当にずるい御方です。他の選択肢をことごとく潰した上で提示するのですから」

「それが政治と言ってはありきたりに過ぎますが……異なる思想、人格、未来を持つ者同士が二人以上集まれば、駆け引きは当然生じるでしょう。駆け引きが生じれば、勝つ者と負ける者が出るのも当然」

答えを分かっていてなお納得出来ない様子のアムリアに、アステリアは憐憫とも嘲笑《ちょうしょう》ともつかない視線を向けた。

瓜二つの外見を持って生まれた妹が、こうまで異なる性格に育ったのは、アステリアにとって少なくとも不快ではなかった。

「皇帝の座に就くのなら、この程度では済みませんよ。貴方の中で貴方が皇帝の座に就く事は決まっている。ならば今のこのやり取りですら糧《かて》になさい。貴方は笑みを浮かべながら、その裏で相手の心臓を突く為のナイフを構えられるようになるしかありません。私には造作《ぞうさ》もない事ですが、貴方にはとても難しいのは分かります。ええ……でも、貴方に皇帝という責任を押し付ける以上、私もある程度は場を整えるくらいはしますから、何も手土産を持たせずに放り出しはしませんよ」

黄金の微笑を湛《たた》えるアステリアだったが、すっかりこの皇女の人格に参ってしまった風香と八千代は、ひええ、とか、うわわ、と声を漏らし、絶対に裏があると恐れていた。

ガンデウスも同じ気持ちだが、アムリアの反応からして、彼女を皇帝の座に据えてしまえば、それほどアステリアに危険性はなさそうにも思えた。

問題は、その過程でアムリアとわんわんとこんこんの精神的疲労が溜まりそうな点だろうか。

「うふふふ、本当に愉快な気持ち。アムリア、今は明確に言葉にする必要はありませんから、自分が皇帝になる前後を考えておいてください。アークレスト王国に協力を求めても構いませんし、南の反乱勢力と手を組むのもよいでしょう。貴方が皇帝となった後で、私から貴方に接触を求めはしません。誓うべき対象がいませんから誓えませんが、約束はします」

「私としては、姉上が本気で私を皇帝の座に据えるおつもりであるのは理解しています。私を〝アムリアのままではなく、姉上にした上で〝皇帝にする動機については、さらに真意がおありと思います。でも、それを探るのは目を隠したまま断崖絶壁で激しく踊るようなものなのでしょう？」

「ええ、そうね。貴方は私よりもずっと他者の情動への理解が深いのですね。この点において、貴方は私よりもずっと優れています。そして私の真意は……ふふ、身内なら余計に明かすのに抵抗を覚えるものですから、内緒です」

それは言うつもりがないと絶対の確信を持って判断したアムリアは、これ以上話を続けるだけの気力を失った。そして一旦、情報の共有と整理の為にこの場を辞する許可を、破天荒《はてんこう》な提案をしてきた姉に求めた。

「でしたら、この場での話し合いはここまでとさせていただけませんか。姉上の言動全てが本気であると理解出来ましたが、それを自分の中で消化するのには多くの気力が必要なのです。それと、この件をグヴェンダン様にお話ししても？」

「ええ、構いませんよ。貴方の後見人となっているアークレスト王国の方々に伝えても構いません。そこは貴方の自由意思にお任せします。それに、わざわざ尋ねなくても、そちらのお犬さんとお狐さんはともかく――メイドさんを含めて話をした時点で、貴方にも誰にどこまで話してよいのか、分かっていたでしょう？」

「確認は必要だと考えたまでです」

鉛《なまり》のように重たい溜息を零す妹を見て、姉はころころと笑う。

この場面だけを見れば、双子の妹をからかうのが楽しい姉で済むのだが、実際はそんな微笑ましいものではない。

「ふふ、貴方にとても大きな驚きを与えられたようですね。不肖《ふしょう》の姉からの初めての贈り物のようなものです。ああ、そうね、では私と貴方の今生の別れの時にでも、どうして貴方をアステリアとして皇帝にしたかったのか、その理由を教えてあげますわ」

多分、知っても嬉しくはないのでしょうね——と、アムリアは賢明にも口には出さずに、心の中で愚痴のように零すだけに留めた。

†

アステリアとの内密の会談の場から離れてすぐに、ガンデウスはグヴェンダン達に召集の念話を伝えて、離宮に与えられているアムリアの部屋に集まった。

ガンデウスが、アステリアとの会談途中から念話で内容を中継していた為、改めて会談の内容を説明し直す必要はない。それでも、全員にとって予想外の内容であり、頭を悩ませるものであるのは変わらない。

もっとも、アムリアだけは自分が皇帝になると受け入れて、他の者達とは悩んでいる箇所《かしょ》が異なっていた。

帝国国内でも有数の贅《ぜい》を尽くした部屋の中で、出入り口の近くに立つグヴェンダンが、ソファに腰かけたアムリアに話の矛先を向ける。

グヴェンダンの他は、アムリアの左右に八千代と風香、後ろにガンデウスとキルリンネ、対面にリネットという配置だ。

「ふむ、アステリア皇女はずいぶんと大胆な事を考えていたものだな。実行に移す決断を下したのは、実際にアムリアと会い、話をしてからのようだが、それでもまだ間に合うと判断しているか。アムリア、君もまだ自分が皇帝になれる余地があると考えているのか？」

「私と姉上では手持ちの情報量に差がありすぎて、正確な判断を下すのは難しいのですが、あの姉上が出来ると考えているのならば可能である、というのが私の考えになります」

「なるほど。人格はともかくとして、アステリア皇女の頭脳は信じられるという判断か。アムリア、実の姉を人柄の面でも慕いたかったと、顔に書いてあるぞ」

「未練、ですね。あの方が私をこの上ない駒だと認識した瞬間に見せた血の通った笑顔に、私は少しだけ心が動かされてしまったようです」

自分の胸元に左手を置き、滴《したた》り落《お》ちるような哀切《あいせつ》の念を込めて自嘲するアムリアを、グヴェンダンはこの上なく痛ましいものを見る目で見る他なかった。

「すまない。無粋《ぶすい》な事を口にした」

「いいえ、気になさらないでください。姉上が私を見定めたように、私も姉上をようやく見定める事が出来ました。姉上は本当に皇帝の座にもロマル帝国にも、もっと言えば世界にすら興味のない御方。私が皇帝になって帝国をどうしようと、露《つゆ》ほども気にしないでしょう」

「そこまで、か。えてしてそういう性情の者は、心惹《こころひ》かれたモノを見つけた時にのめり込む傾向にある。アステリアで言えば、皇帝の座を捨てられるくらいにな」

実際に会ってみたアステリアの人格と提案が、事前に想定していたものと大きく違った事への驚きはあったが、いつまでも驚いてばかりもいられない。

アステリアが妹を皇帝にし、アムリアもまた自らが皇帝の座に就く事を是《ぜ》としているのなら、その前提で今後の行動を決めなければならなかった。

「それで、アークレスト王国へはどう伝えるのでござる？　それとも、伝えはしないのでござるか？　さしものスペリオン殿下達も、アムリア殿がロマルの皇帝になるかもしれないと告げられれば、驚かれようか」

眉根を寄せて、ぶすっとした顔で口を開いたのは八千代である。アムリア自身も利用し返すとはいえ、アステリアが堂々とアムリアを利用すると告げて以来、不機嫌が続いている。

もし、アムリアがアークレスト王国への恭順《きょうじゅん》を選ばずに、ロマル帝国の独立と主権を守る形で舵取りを担うつもりがあるのならば、この計画を伝えるべきではあるまい。

アムリアは、アークレスト王国から出立する以前には、何を差し出してでも帝国の人々がなるべく苦しまないように救う助力を、スペリオン兄妹に求めていた。

しかし自力でそれが成せる状況をお膳立《ぜんだ》てされれば、砂粒一つ分くらいは変心もあり得ると、八千代は理解していた。

「八千代さんがどうしてそんな事を言うのかは分かりますが、現状、アークレスト王国とスペリオン殿下達の恩義に反する真似は出来ません。状況的にも、そして私個人の感情からもです」

「アムリア殿的に裏切れないのはまだ分かるとして、状況的にもでござるか？　それは、ロマル帝国にアークレスト王国を相手取る余裕はないと？」

「はい。アークレスト王国が今のロマル帝国のように内紛を抱え、国外にも多くの敵を抱えているのなら話は別ですが。仮に三つ巴の戦いを終えた直後のロマル帝国では、アークレスト王国を相手にしても勝ち目は薄いですよ。亡国を免れるにしても、属国化は免れないと私は結論付けています。ただ……姉上は私の知らない情報を多く抱えていますから、その点において私と姉上では異なる結論を導き出さざるを得ません。どれほど乖離しているのか、それが私には気掛かりです」

アムリアが個人的に情報を得る手段というのは、目下、目の前にいるグヴェンダン達とアークレスト王国で世話になった者達から直接聞く以外に存在していない。彼女自身の手足となり、目と耳の代わりとなって、判断材料となる情報を集めてくる人材がいない。

ただ、今はまだ、アムリアの傍には常識や定石という概念を根底から覆す能力を有した規格外がいる。その張本人であるところのグヴェンダンは、しばし考える素振りを見せてから口を開いた。

「おそらくアステリア皇女が掴んでいる情報の一つなら、私から伝えられる。アークレスト王国だが、状況が変化した」

「グヴェンダン様、それは火急の事態でしょうか？」

「アムリア、そう焦《あせ》らずとも、まあ、大丈夫だ。まだしばらくの猶予《ゆうよ》はある話だ。北の暗黒《あんこく》の荒野《こうや》の彼方《かなた》より、戦神の血を引く者達が、苛烈な戦いを求めてやってきた。すぐさま開戦とはならんが、国家規模の戦いが勃発《ぼっぱつ》するぞ。そしてそれは、アークレスト王国だけでなく、このロマル帝国にも及ぶものだ」

「グヴェンダン様、それは、そんな悠長《ゆうちょう》に口にしてよいお話なのですか？」

アムリア自身も大きく世話になった自覚のあるかの王国が戦火に晒されようとしていると聞けば、穏やかではいられない。

それは八千代と風香も同じで、アステリアからの衝撃的発言の事はどこへやら、グヴェンダンを食い入るように見つめている。リネットとガンデウス、キルリンネにしても、この情報は今聞かされたばかりなので、主人に対して次なる情報の開示を密かに期待しているようだった。

「言ったろう？　すぐさま開戦というわけではないと。戦場はベルン男爵領近くになるが、他にもアークレスト王国北部の諸侯の連合軍が加わる。それにモレス山脈の竜種をはじめ、エンテの森の諸種族も。暗黒の荒野を渡ってきた魔性の軍勢相手とはいえ、易々と負けはせん。何より、〝私〟を含めた面々がベルンにはいるのだからね」

このグヴェンダンの言葉に、ベルン男爵領首脳陣の超常戦力を思い出し、メイド三姉妹は〝別に心配しなくていいか〟と、大いに安堵した。

アムリア達三人はそれでもまだ完全に安心しきれなかったが、グヴェンダン達にまるで動じる様子がないので、そこまで心配する必要はないのだと少しずつ理解の色が深まる。

「私達よりもずっとベルンの大地と人々の事をご存じのグヴェンダン様達が大丈夫だと太鼓判《たいこばん》を押されるのなら、私達が騒いでも仕方ありませんね。それに、このロマルの地から何が出来るというわけでもありませんし。それこそ私が今、皇帝の座に就いていて軍を動かせる権力があるのならばともかく……」

「ああ、アムリア、その件だが、君がロマル帝国皇帝であったとしても、アークレスト王国に救援を送る余裕はないだろう」

「それは……ああ、姉上が動きを見せたのは私がここに来たからだけではなく、さらなる戦乱の加速と混沌《こんとん》とした状況の到来を知っていたからなのですね」

「察しがいいな。暗黒の荒野の向こうから来る者達――ムンドゥス・カーヌスという国家を支配する魔王の軍勢は、アークレスト王国だけでなく、このロマル帝国にも牙を向けている。ともすれば、既にライノスアート大公とアステリア皇女は、彼らからの使節と接触済みなのかもしれないな」

さらに言えば、開戦の準備もまた進めている可能性があるだろう――と、グヴェンダンはあくまで推測として語ったが、アムリアはそれを事実として認識した。

そして、これからロマル帝国は国外の敵を含めた四者が入り乱れる大戦争へと突入するのだ、と。

第四章――騒乱の気配

地上世界よりも遥かに高次の世界の中で、天界と勢力を二分する魔界の一画。

真っ黒い水が絶え間なく打ち付ける切り立った岸壁の上に、広大な城塞があった。

城塞から見て遥か彼方の波間には、時折巨大な鰭《ひれ》や銀色に煌めく鱗が真っ黒なうねりの中に垣間《かいま》見《み》える。また運が良ければ――あるいは悪ければ――そこに思わず視線を吸い寄せられるほどに美しい男女の顔を見る事が出来るだろう。

暗黒の海とでも評すべきその海の中には、絶世の美男美女の人魚達が何千、何万と休みなく泳いでいる。それによって超高速の海流が生じており、並大抵の海洋生物では近寄ったら最後、二度と脱出出来ないほどの殺戮海流《さつりくかいりゅう》が海面下に構築されているのだ。

近隣海域に住まう人魚達は、巨人魚というべき巨躯《きょく》を誇るばかりでなく、唇の奥には刃と見間違うような鋭い歯が並び、水かきのある指先は鎌の如く鋭利《えいり》。その攻撃性は、嬉々として海域への侵入者に群がり、殺戮を楽しむほどだ。

異形《いぎょう》が蠢《うごめ》くのは海ばかりではない。黄金がそのまま変わったように輝く雲海には、濃い緑色の鱗に覆われた巨大な蛇の胴体が、あちらこちらで出入りを繰り返している。

稀に見える大蛇の額には、白い男女の細面が浮かび上がり、黄色や赤色、茶色と様々な色の瞳が地上を睥睨《へいげい》している。

空を飛ぶのは人面大蛇だけではない。

美しい男女の顔を持った人面鳥達もその巨大な翼を広げ、数え切れぬほどの数が雲海の下を舞って、地上に巨大な影を落としている。

天と海を、人間と他の生物の融合した美しくもおぞましい怪物共が埋め尽くす中、唯一城塞へと続く陸地のみ、怪物の姿が影も形もなかった。

赤茶けた大地の中に一本だけ、無数の足で踏みしめられた道らしき筋《すじ》が出来ており、その先には城塞がそびえ立っている。

頂上が見通せぬほどに高い城壁は黒く塗り潰され、天を貫くように伸びる無数の尖塔も、雲海か余程の遠方からでなければ見えはしないだろう。

つい先程、その道を巨馬に跨《また》がった黄金の髪の戦士が駆け抜けたばかりだ。

魔界の中でも戦に関連する猛々しい神々の領土となる一画に、単騎で足を踏み入れるなど、邪神でさえ命知らずと言われてもおかしくはない。しかしその戦士は、数少ない例外だった。

門番もおらず、槍と盾を構えた巨大な戦士が彫り込まれた城門は、音一つ立てる事もなく城塞の内部へと戦士を迎え入れた。

城塞にいる数多の邪神や神造魔獣、元は地上の生物だった下位の神性達に到るまで、地上に降臨すれば、あらゆる生き物に畏怖と畏敬《いけい》の念を抱かせるだろう。

しかしそんな中を我が物顔で歩き続けた戦士は、玉座の間で目的の相手を見つけると、破顔してこう言い放つ。

「よう、邪魔するぞ、サグラバース！　ぬははは、それにしても、お前んところの末裔《まつえい》がドランの住んでいる国を相手に喧嘩《けんか》を売ったらしいな‼　あいにくとドランに介入を禁じられている故、地上のおれの分身は参戦出来んが、こうしてお前の方に顔を出しに来たわ‼」

どんな喧騒《けんそう》に包まれた戦場でも端から端まで届く大声の主は、紛れもなく最強の神の一角を担う最高位の戦神アルデス。

手には愛用の長槍、獅子の鬣《たてがみ》の如く肩の膨らんだ鎧という出立《いでた》ちは、常と変らぬ戦装束であり、城塞に詰めていた邪神達はアルデスの殴り込みかと誤解し、大いに戦慄していた。

愉快で堪らないと笑うアルデスに、城塞の主のサグラバースは、漆黒の落陽を思わせる形状の玉座に腰かけたまま、不意の来客に鷹揚に応えた。

「相変わらず、貴様は気まぐれな真似をする。我が眷属達《けんぞくたち》の寿命がいくらか縮んだかもしれん」

銀に輝く長髪をまっすぐそのまま下ろしたサグラバースは、四十を半ば過ぎ、貫禄《かんろく》と覇気と威厳が人間の形を持ったと思わせる偉丈夫だ。

獰猛《どうもう》な獣の頭蓋《ずがい》を思わせる巨大な肩当てが目立つ黒い甲冑を纏う肉体は、巨漢のアルデスよりもさらに一回り大きく、軍神の名を裏切らぬ、戦場に立つ者の肉体である。

男らしく太い眉の下にある黄金の瞳は恐れも怒りもなく、呆れを大きく宿している。それは眉間《みけん》に縦に開いている第三の瞳も同じだ。

「それはすまない事をしたな。後で詫びの酒でも送ろうか？」

「ふ、妹君とよく相談した上で決めるがいい。いかに天界の神とはいえ、貴様を立たせたままとあっては礼を失する。こちらへ来るがいい、アルデスよ」

「うむ、助かる！」

いちいち声の大きい男だ、と相も変わらぬ戦友兼好敵手に、サグラバースは微笑を浮かべながら、客室の一つへと場所を移した。

長椅子に深く腰を落としたアルデスは、供された夕陽色の酒をガッパガッパと飲んでいる。

「ぬはは、美味い美味い。他所で馳走《ちそう》になる酒は特に美味だ！」

「遠慮を知らぬ男だ」

アルデスの対面に腰かけたサグラバースは、小さなグラスに注がれた透明な酒を品よく味わい、アルデスの咽喉が潤《うるお》うのを待っていた。

「遠慮をしなくて良い相手だと分かっているからこそ、こうも振る舞えるのだ、サグラバース。さて、いい加減話を進めるか。とはいえ、もう言っているのだがな。古神竜ドラゴンが人間に生まれ変わり、ドランと名乗っているのは、もはや天界と魔界で知らぬ者はおらんといってよい。よりにもよってその生まれ変わったドランと、お前の子孫がドンパチを始めよったぞ。で、お前はどうなのだ？　介入するのか、せんのか？　ん？」

アルデスの口にした話題は、この城塞を含むサグラバースの領域で目下、最大にして最悪の話題であった。

魔界を離れて、地上世界へと移住したサグラバースの眷属達の子孫が、ドランの所属する国を相手に戦争の準備を進めている。

古神竜ドラゴンの所業の数々を知る魔界の神々が、戦々恐々《せんせんきょうきょう》とするのは当然の流れであろう。

「どうもこうもあるまい。古神竜ドラゴンは人間として振る舞っている。多少、箍《たが》は緩いようだが、我自身の懐に収めた存在を守る以外の戦いでは、古神竜としての力を揮《ふる》うまでには至っておらん。我が末裔ヤーハームをはじめ、あれの配下達との戦いの範疇でならば古神竜が地上に顕現する事はあるまい。それこそ、私が余計な介入などしなければな」

「はは、ドランの奴は頭の固い奴だからな。そのくせ、わけの分からんところが妙に柔らかかったりするせいで、いつ逆鱗《げきりん》に触れるか分からない面倒くさい奴よ。だが、あいつは昔から戦う力を持たぬ弱者が強者に理不尽に虐げられるのをひどく嫌う。しかし戦場においてはつきもの。お前の子孫とドランの生きている世界で考えれば、略奪《りゃくだつ》、強姦《ごうかん》、虐殺《ぎゃくさつ》がまだまだ横行している。お前の子孫がドランの目の届くところ、耳に聞こえる範疇でそうした行為をすれば、あれは自制の枷を砕いて暴れるぞ？」

「それでドラゴンの怒りを買い、滅ぼされるのならば、それは己の所業の責任を取っただけの事。我が子孫であれ、それが我が子であれ、なんの変わりがある？」

「ふふん。まあ、王を名乗る以上、臣下の行いの功罪も一気に引き受ける責務があろうな。しかしよ、それを言うのならば、地上の魔王の祖たるお前に責任という名の牙を向けられたらどうする？ドラゴンもといドランは、あれで頭に血が上る速度は始原《しげん》の七竜《しちりゅう》でも一、二を争うぞ」

アルデスの問いに、サグラバースは平然と答えた。

「なれば軍神を名乗る者として我が全霊にて迎え撃つまでの話。その戦いで我が身が滅ぶのなら、それもそれまでの話だ。私の力が及ばなかったというだけのな」

「はっはっは、なんだなんだ、ずいぶんと潔いな！　いや、おれやお前ならそんなところか」

「全ての神々が力を合わせても及ばぬ始祖竜の心臓を相手に戦い、滅びるのならば、本望と言う他あるまい。我が眷属達にまで累《るい》が及ぶか否かは、気掛かりではあるが……」

アルデスと話しはじめてから、初めてサグラバースの顔に憂慮《ゆうりょ》の色が浮かび上がる。

自身の滅びは厭わぬとも、共にこの魔界で轡《くつわ》を並べる眷属達は別らしい。

それを言ったら、地上の末裔達はどうなのかという話になるが、この場合、ヤーハームらは自らの行いの報《むく》いを受けるという前提である。その為、サグラバースとしては処遇を案じる対象から除外しているようだった。

「お前が率先してドランに挑むのならば、それであれの留飲は下がるだろうし、見逃されるだろうよ。怒り心頭の古神竜と戦えるというのは、考えるだけでもわくわくしてくるが、お前にとってムンドゥス・カーヌスとやらは、血が遠すぎて末裔というよりも信者というのが近いのではないか？それに対して滅びまで付き合うとは、ずいぶんと執心《しゅうしん》だな」

アルデスは自己を顧《かえり》みてそこまで付き合ってやった事はないな、とからからと笑う。

助けを求める声が届いても応じる価値がなければ無視するし、なるべくならば信者達自身の力と勇気で問題を解決させる方向に導くのが、アルデスの神としての在り方である。

加えて言うのなら、見所のある者は天界にある自身の領域に死後を預けないかと勧誘する事もある。積極的に生きている信者に関わろうとはしないという点で、アルデスとサグラバースは共通している。

「アレらの祖であった我が眷属には、この地を離れて地上に向かう際に伝えるべき事を伝えた。我が手を離れはしたが、子々孫々に到るまで私の伝えた言葉をよく守っている。なればそれに報いようと思うのは、それほどおかしな話か？」

「ふふ、軍神という割に甘いと言いたいが……魔界での戦いに嫌気がさして地上に逃れた眷属の子孫に求められれば応じるのだから、遥か昔からお前は甘い奴だったな。眷属が地上に逃れる時にも、着の身着のままで追い出せばよいものを、お前ときたら地上の規格に合わせたとはいえ、持たせられるだけの装備と城を与えて送り出したのだからな！」

サグラバースが地上に眷属を送り出した時の様子をアルデスが知っている事からも、両者は元より親交があったのだと分かる。

アルデスの遠慮を知らぬからかいの言葉にも、サグラバースは機嫌を損ねておらず、かつての情景を思い出してか、杯を傾けるその横顔にはかすかな寂寥《せきりょう》が浮かんでいる。

「昔の話だ。昔の、な」

「何が昔だ。もはや眷属としての縁の薄き者と滅びを共にしてもよいとまで付き合う奴なんぞ、神多かれといえどもそうはおらんよ。お前の末裔達が行儀良ければドランが古神竜として暴れる事はあるまいが、万が一の時にはおれがお前の墓の一つでも建ててやろう！」

「それこそ余計なお世話というものだ。私に墓はいらぬ。滅びた後にまで存在の証《あかし》を残そうとは思わぬのでな」

「やれやれ、お前さんはつくづく潔い奴だな！」

そう笑うアルデスの声音は、この上なく機嫌の良いものだった。

†

「今後、アムリアの身の安全の為にも、二人には最低でもガンデウスやキルリンネの基準にまで達してもらう。いや、到達させる」

鉄を超えた決意の固さを感じさせる声の主はグヴェンダンである。そしてバロルディの離宮でそれを告げられたのは、八千代と風香の二名。

グヴェンダンとメイド三姉妹がアムリアの護衛を離れた後、最も身近な場所で彼女の心身を守るのはこの犬人と狐人の女性だ。しかし精神面はともかく、護衛としての力量においてこの二人に及第点を付ける事は、グヴェンダンには出来なかった。

なお、智謀《ちぼう》の面には最初から期待していないし、アムリアから求められもしないだろうと、鍛える要素の選択肢から外している。

先日、グヴェンダンとカイルスが軽い手合わせを行った離宮の中庭の一画で、八千代と風香は極めて真剣な表情で目の前に立つグヴェンダンの言葉に耳を傾けている。

なお、アムリアはアステリアとつきっきりでロマル帝国の内情から周辺諸国の情報を詰め込む作業に没頭しており、護衛にはリネット達三人を総動員している。

例によって、目に映らない位置でザナド配下の影働きをする者達が控えているが、これもまた例によって無視である。

十二翼将でないにもかかわらず、ザナドをはじめとした奇妙なほどの実力者達は、アムリアとアステリアの交代劇について知らされているらしい。その為、グヴェンダン達も彼らに対しては面倒な隠し事をしなくなっている。

「グヴェンダン殿、某達の腕前が未熟であるのは某達自身が痛いほどに感じており申す。アークレスト王国でもベルン村でも、多くの強者の方々に鍛えていただいたとはいえ、今後もアムリア殿のお傍にあるには、あまりに未熟！」

普段の飼い慣らされた家庭犬めいた雰囲気とは違い、体の隅から隅まで鬼気迫《ききせま》る気迫で満たした八千代。その声音には自分達の未熟への苛立ちや怒りが震えるほどに込められている。

その一方で、八千代と風香は自分達がアムリアの傍に居続けるのは当然だと考えていて、疑問を挟む余地もない様子だ。グヴェンダンも八千代達と同じ考えである為、改めて二人を鍛えるなどと言い出したのだ。

八千代に続いて風香もまた自身の力量を鑑《かんが》み、グヴェンダンに応える。

「しかし、時間はそれほど残されてはおりますまい。それにハチと拙者も自分の才能の限界というものをひしひしと感じておる次第。幼き頃にはどこまでも高みに上っていけると思っていたら、存外低いところで天井にぶつかってしまったようなもの。グヴェンダン殿のお力とお知恵で、拙者達を強者へと変えられるでござるか？」

「ふむ、単純な強化方法としては、私と君達が一種の契約を交わして力の譲渡を行う事だ。しかし、それは自力で得た力とは言い難いし、私の方に問題が生じれば失われる可能性がある。やはり、君達自身を鍛え上げるのが最も堅実だ。それでいく」

「ふーむ。確かに自らの体に刻みこんだ技の方がいざという時に頼りになり申そう。それは分かるのでござるけれども、具体的にはどうやって？」

グヴェンダン――あるいはドランは、万能にも等しい能力の持ち主だが、その能力を脳味噌が筋肉で出来ているかのような方向に特化させているという一面がある。

八千代も風香もそれをよく理解しており、魔術を用いた神秘的な方法による強化ではなく、精も根も尽きるような方向でしごかれそうな予感をひしひしと感じていた。

「適度な負荷と適度な休息と適度な栄養補給を繰り返せば、自然と実力は身につく。ただし、適度な負荷に関して今回は度外視でいく。君達の魂が、霊格を上げなければ滅びると、危機感を覚えるほどにだ」

「んんんん～～、つまりこれはあ？」

八千代はペタンと耳を前に倒しながら腰の愛刀を引き抜き、力のない瞳を風香に向けると、風香もまた腰裏に差している小太刀《こだち》とダガーを引き抜く。

二人とも実戦で使用する武器をグヴェンダンに振るうのに躊躇はない。どうせ直撃したってなんにもならないのだから。

「んん～～八の字ぃ、拙者達を？　グヴェンダン殿が？　死ぬほど鍛えるという意味ではないかなと、拙者的には愚考《ぐこう》する次第」

「ふむん。二人とも大正解だ。致命の一撃がそうならぬように、保護の魔法を私のポールアクスに施しておく。命の心配だけはしなくてよい」

グヴェンダンの答えに、八千代と風香が顔を引きつらせる。

「あ、命の心配だけでござるかあ」

「ああー、ええ、まあ、そういう事でござるね」

「風の字ー、とりあえず心だけは折れないように頑張るでござるよー」

「うむーではー……アムリア殿の笑顔の為に、頑張るぞ、風香‼」

「応‼　でござるぞ、八の字ィ！」

少なくともこの時点での八千代と風香の気力は充溢《じゅういつ》し、魂はこの上なく昂《たかぶ》っていた。

グヴェンダンとの一対二による徹底した鍛錬は、夕餉の呼び声が掛かるまで続けられた。

息を吸う度にひりひりと乾いた咽喉が痛み、肺が破裂するような錯覚《さっかく》に襲われる。

額に浮かび、頬を伝い、首筋を流れる汗が熱を孕み、頭のてっぺんから指先に到るまで、全身が熱病に侵されているようだと、八千代と風香は揃ってそんな雑念を抱いた。

しかし、そんな雑念を抱くなど、自分達に余裕があると、目の前の事態に集中出来ていないと白状するようなもの。

当然、グヴェンダンがそれを見過ごすはずがない。

ひえ、と八千代が呟き、風香がペタリと耳を伏せた。

並ぶ八千代と風香を目掛けて、白い鱗のドラゴニアンがポールアクスをゆるりと見えて、神速の速さで振り上げて！

「ずいぶんと余裕がある。もっと厳しくしても構わんな？」

ひょう、と風切る音は悲鳴にも似て、ポールアクスは左右に飛び退いた八千代と風香の中間地点に振り下ろされた。

ポールアクスが切り分けた風の圧力に二人の獣娘はびりびりと肌と毛皮を打たれ、跳躍した以上の距離を吹き飛ばされる。

咄嗟《とっさ》に身をよじって足から着地して、地面に転がるのを防ぐ。それぞれの武器を構え直す二人を見て、グヴェンダンは次はどちらから仕掛けるかと思案する。

油断？　いや、余裕だろう。

アムリアに用意された離宮の中庭は、グヴェンダン達三名の特訓が開始される直前に外からの侵入を許さない結界が張られていた。

内部の音が漏れる事はなく、また内部の様子は尋常な範囲の手合わせが映し出されるように偽装までされている。

一方的な虐殺とさえ見える特訓だが、尋常でないのはグヴェンダンと両名の実力以上に、不規則に様相を変える特訓場もであった。

美しく剪定《せんてい》された花壇や生垣《いけがき》、芸術的な価値の高い女神像を中心に据えた噴水は今や消え去っていた。砂塵《さじん》舞って岩石の転がる砂漠になったかと思えば、あっという間に膝まで沈む異臭の漂う沼地へ変わり、そして今は瓦礫《がれき》が延々と続く廃墟《はいきょ》の中になっている。

グヴェンダンの実力の凄まじさは身に染みている二人だったが、特に詠唱する様子もなく、ほいほいと本のページを捲《まく》るように世界の有様を変える出鱈目さは知らなかった。

アムリアの護衛としての役割を自認して以降、アークレスト王国で魔法に関する知識を学んでいた二人には、グヴェンダンがいかにとんでもないかが分かってしまう。

だが、それに驚く余裕すら与えてはくれないのだから、グヴェンダンは厳しい事この上ない。

八千代と風香は同時に覚悟を固めた。攻められるのを待っているばかりでは、どうしようもない。

先程から体が何倍も重くなっているような気がするし、体だけではなく気温と湿度もやたらと高くなっている気がするが、こちらから攻め立てねば、何を得られようか。

「きいぇえええいいい！」

果敢《かかん》に奇声を上げて、八千代はグヴェンダンへと斬りかかる。

彼女が感じたように結界内部の重力は五倍増し、気温は真昼の砂漠の如く、湿度は密林の奥深くに等しいものに達していた。

それでいて、彼女の体は平時と変わらぬ速さで大地を蹴り、風香もまた悟られると覚悟した上でそれでも気配を消し、音を殺し、瓦礫の影を縫《ぬ》うようにして走る。

――ふむ、私が肉体と魂に圧力を加え続けた成果が出てきたか。〝このままでは死ぬ〟と魂からの悲鳴を上げさせて、潜在能力を無理やり引きずり出すのには成功したな。

グヴェンダンはそう頷きながらも、手を休めない。

迫りくるグヴェンダンの致命の一撃が八千代と風香の神経を削り、ごく短時間で激変する環境が五体と精神を翻弄する。

さらに言えば、環境ばかりか時間の流れさえも緩やかなものに変わっていた。

合間合間に休憩を挟んでこそいるが、その間でさえ八千代と風香の意識は朦朧《もうろう》としていて、気付いたら休憩が終わっていた。ついでに疲労は抜けて、空腹は満たされているし、お手洗いに行く必要性も感じないという、不思議体験をしている。

肉体を活性化させる支援魔法の応用なのだが、特訓の間は体調管理までグヴェンダンによって徹底的にされているとは気付かぬ二人であった。

何より、自分達のそんな状態を不思議に思う余裕をグヴェンダンが許さなかった為である。

「シィッ‼」

特訓前とは格段の速さと鋭さを備えた八千代の一撃がグヴェンダンの右手首を切り落としにかかる。

一方蛇のように地を這って迫る風香は、グヴェンダンの左足首ないしは尾を狙って、小太刀とダガーを閃《ひらめ》かせる。

「ふむ、まずは末端から切り崩しにきたか。善き哉《かな》善き哉」

直後、成長してもなお視認出来ない速さで振るわれたポールアクスの柄が八千代と風香の視界を埋め尽くし、二人は揃って宙を舞う。

「ぎゃあああ‼」

「ぐえええ⁉」

「ふふふ、まだまだ。まだまだだぞ、二人とも」

ふむっふん、と笑うグヴェンダンの声が、二人には悪魔の笑い声にしか聞こえなかったのは言うまでもない。そんな評価を悪魔が耳にしたら、全力で首を横に振るだろうが。

†

中庭の外では数時間、内部では数日、数十日、数ヵ月にも及ぶ苛烈極まる地獄の時間が経過し、ようやく本当にグヴェンダン主催の素敵な特訓が終了した。

その後、当然のようにグヴェンダン達はアムリアと合流して、その日の情報のすり合わせを行う。

……のだが、八千代と風香は駄目だった。

グヴェンダンによって特訓の終了を告げられ、それを脳が理解した瞬間に二人はようやく泡を吹いて気絶した。

それから二人はグヴェンダンの左右の肩に背負われて、アムリアの居室に運び込まれる。

到着するや否や、二人は安心で安全な匂いと気配を敏感に感じ取って覚醒《かくせい》し、グヴェンダンの両肩から飛ぶように離れるやアムリアに縋りついた。

そして――

「くぅん、くぅん、きゅうー」

「きゅん、きゅう、くぅ」

「よちよち、お二人ともとっても頑張りまちたね～。もう怖い事はないでちゅよ～。ゆっくりお休みちまちょうねえ～」

――この惨状というか、有様になった。

長椅子に腰かけたアムリアの膝に、ぐすぐすと涙を零す八千代と風香が縋りつき、生まれたての子犬と子狐が母に甘えるような声を出している。

そんな八千代達の異様な様子を目の当たりにしても、アムリアは動揺を見せなかった。優しく二人の頭や背中を撫でて、精神が折れてしまい、すっかり幼児退行――あるいは幼獣退行した二人を慰め続けている。

アムリアはその合間に、グヴェンダンに向けて〝一体何をなさったのですか〟と、強く視線で問いかけた。メイド三姉妹からも似たような目が向けられており、グヴェンダンは思った以上に応える視線の槍に降参だと手を上げる。

「今後の為に、八千代達の地力を上げようとかなり厳しくやったのだが、二人の見せる根性と意地につられて、熱の入れ方を間違えてしまった。二人が正気に戻ったなら、きちんと謝罪する」

なまじ八千代と風香が普段の気の抜けた様子とは程遠い気迫で特訓に臨み、グヴェンダンがそれに感化されてしまったのが、彼女達にとっての不幸だった。

今は背中と尻尾をこちらに向けている八千代と風香に、グヴェンダンは頭を下げる。

その仕草に謝罪するという言葉に偽りはないと判断し、アムリアは仕方がないと溜息を吐いた。

「グヴェンダン様、次からは――次もあるのですか?」

きゅーんと鳴いている二人の耳の付け根を揉みほぐしながらのアムリアの問いに、グヴェンダンは数瞬、考える素振りを見せた。

「ふむ、判断に悩むところだな。概ね、二人の限界がどの辺りになるのかは、今回の特訓で把握出来た。次も似たような内容でやれば、心技体の内、技と体はほぼ限界値にまで引き上げられるが……その後に〝こう〟なってしまっていては、肝心要の心が育たない。心技体は三つ揃ってこその和合。一つでも欠ければ途端《とたん》に脆《もろ》くなり、輝きはくすむもの。次があるにしても、私が手を出すよりは、リネット達を相手にする方が現実的だろうと考えている」

「では今回のような真似はもうなさらないのですね?」

八千代と風香を思い、強い語調で確認してくるアムリアに、グヴェンダンは心底申し訳なさそうに肯定する。

「ああ、もうしないよ」

それから数秒の間、アムリアはグヴェンダンの瞳をじっと見つめて、本当に本当だと納得してくれたようだった。再び幼獣退行状態の二人をあやして慰める作業に没頭しはじめる。

アムリアにはかなわなくなってきたな……と、情けなさを滲ませつつも、妙に嬉しそうに呟くグヴェンダンに、リネットは声を潜めて問いかける。

「ところでグヴェンダン様、八千代と風香は目標の基準にまで、後どの程度のところまで達しているのですか？　リネット達と肩を並べるところまで成長させる予定だと伺っておりましたが……」

「ふーむ、まあ、あくまで目標を高く持った上での話だよ。八千代と風香の才覚では君やガンデウスらの領域にまで達するのは至難を極めるのは分かっていた。実際、かなり無茶をして鍛えに鍛えたが、それでも君らには届かないところで足踏みをする事になった。彼女らの生涯を賭して鍛え上げるのならばともかく、急場凌ぎでの鍛錬はもう無理だな。それこそ、魂や肉体の組成そのものをいじるしかなくなる。さすがにそれは出来んよ」

「なるほど。でしたら、後はなるべく早く二人の精神が立ち直るのを祈るばかりです。グヴェンダン様、今回ばかりはこのリネットも擁護《ようご》のしようがございません」

「今回は私も大いに加減を誤ったと自戒せねばならん。二人の熱意に打たれたなどと、言い訳にもならん」

深々と溜息を吐くグヴェンダンに、ガンデウスとキルリンネはそわそわと落ち着かない視線と意識を向けているが、彼を擁護する発言を口にするのはリネットが暗に制止していた。

たとえ主人であろうとも悪いものは悪いと告げるべし、というのはリネットの考える従者のあり方である。グヴェンダンとて、唯々諾々《いいだくだく》と従うばかりの従者よりも、過ちを正すべく行動する従者の方をこそ尊ぶと、リネットは理解している。

とはいえ、主人を叱責《しっせき》するのは、どうにも心が重くなる事には違いない。

「では現状、八千代と風香はどの程度の力量に？」

「これまでは〝普通以上一流未満〟だったが、今なら〝一流以上超一流未満〟くらいには到達したよ。十二翼将相手では厳しいが、名うての剣士や戦士相手でもおさおさ引けを取らぬくらいには腕を上げている」

「となりますと、一国の皇女の護衛としては、一応及第点でしょうか？」

「装備で足りていない分を補えば、及第点には達するだろうさ。間違っても十二翼将や魔王軍の幹部級とは戦わせられんが、そこは今ならまだ私達で補える」

「……ではアムリアが皇帝となった後でもリネット達が助ける為には、アムリアが〝抜け道〟に気付くのを期待する他ないと？」

「アムリアならもう気付いているかもしれんが、どうしても見過ごせぬようであるのなら、リネットが教えても構わんよ？」

「大変に心動かされるご提案ですが、これはやはりアムリア自身に気付いてもらうのが最も大切かと存じます。ですので、リネットは大変努力をして口を噤む事にいたします」

むん、と口を閉じる動作を見せるリネットを見て微笑を浮かべるグヴェンダンに、ガンデウスがおずおずと新たな問いを発した。

「グヴェンダン様、恐れながらお教えいただきたき儀がございます」

「何かな？　遠慮せず言ってみなさい」

「は、我らの故郷たるベルン男爵領でも魔王軍との戦闘が確実視されております。魔王軍は油断ならぬ強敵と見るべきと考えます。ですが私達は具体的に魔王軍の幹部級がどれほどの実力者であるかを知らぬまま。またロマル帝国を攻めている魔王軍の軍団は、ベルン、ひいてはアークレスト王国へ接近中の軍団と根本から別構成であると伺っています。出来れば事前に情報の一端なりを把握したいものです」

「ふむ、ガンデウスの考えは至極もっともだ。アステリアや離宮の中の者達から伝え聞いた範囲では、既に北部の村落のいくつかは魔王軍の支配下に置かれているらしい。軍団の構成に関しては、ゴブリンとは思えないゴブリンと、高位の魔族を中心とした魔族とに綺麗に分かれた二種。偽竜《ぎりゅう》と飛行型魔獣による航空戦力は、どちらにもついている」

「装備の質では王国と帝国どちらよりも上……というお話でしたね」

「ああ。真っ向からのぶつかり合いでは、相当に分が悪かろうよ。特に幹部連中が軒並み揃って数を覆せる突出した個だ。暗黒の荒野を統一した勢力というのは、伊達《だて》ではないか。ふむ、アムリア、私達は隣の部屋に移る。すまないが、君は八千代と風香を頼む」

今の八千代と風香には刺激の強い話をするつもりなのだと察して、アムリアは素直に首肯した。

「分かりました。お二人は私に任せてください」

「すまない」

素早く隣室に移った四人はしっかりと扉を閉めて、それでも隣室のアムリアに異変があれば即座に駆け付けられるように警戒は残しつつ、新しい情報の共有を始める。

グヴェンダンが左の掌を上に向けて開くと、瞬《また》く間にそこから光の粒が溢れて、壁際に横に長い長方形を形作る。これは遠い場所の光景を映し出す魔法の一種だ。

遠隔視に対する妨害魔法や攻性魔法等も存在するが、例によって、グヴェンダンに対してそうした対策を講じても無意味である。

映し出されたのは、バロルディからはまだ距離のある、ロマル帝国と魔王軍の最前線の一つ。リネット達はちょうど都合よく戦闘が行われているのか、と解釈したが――

「三日ほど前にライノスアート大公側の十二翼将と、魔族の将軍格が交戦した時の映像だ。先に言うと、双方痛み分けに終わっているが、軍団の長となればさらに一回り上の実力者と頭に入れた上で見てくれ」

――どうやら遠隔視に加えて過去視までも併せて発動していたらしい。

言うまでもなく相当に高度な技術だが、リネット達三姉妹は特に驚きもせずに壁際《かべぎわ》に映し出された映像に視線を集中する。

そこは緑色の絨毯《じゅうたん》の広がるなだらかな丘陵《きゅうりょう》地帯《ちたい》が戦場であった。時刻は昼。地平線の彼方まで照らし出す陽光の中に、武装した両陣営の兵士達が無数に映し出される。

交えた砲火で抉れた大地や、身じろぎ一つせずに倒れ伏す無数の骸《むくろ》の姿から、戦端が開かれてからそれなりの時間が経過しているのが見て取れる。

「さて、注目すべき者達の姿は、ここだな」

――と、グヴェンダンが視点を調整する。

そこに先に映し出されたのは、兵士達が巻き込まれぬように遠巻きに見守る中、天地を震わすかの如き激戦を繰り広げる一体の魔族と二人の人間達だった。

魔族は体の線を克明に描き出す薄手の黒衣を全身に纏い、さらに腰と肩に青く輝く装甲を纏っている以外に防具らしいものはない。

特徴的なのは、両肩から先端に三枚の刃を持った触手を一本ずつ伸ばしている事だ。刃の中心にはギョロギョロと動く目玉がある。エルフと見紛う長い耳を持ち、酷薄《こくはく》そうな切れ長の瞳には、アメジストの輝きと共に闘争心の輝きが宿っている。

長く伸ばした真っ赤な髪を翻して戦うこの魔族の美女は――

「魔族を率いているザンダルザという者の娘で、マルザミスと名乗っていたようだな。彼女と相対しているのが、以前、私達と戦った騎士らしい騎士の十二翼将ガリオールに、召喚術師のエラティリだ」

無手《むて》のマルザミスの両手から放出される凶悪な魔力は、冷気、灼熱《しゃくねつ》、雷電、風刃《ふうじん》と多種多様な形態に変化し、無尽蔵《むじんぞう》の破壊として周囲へとまき散らされている。これを防ぐには千人近い魔法使いが防御魔法を一心不乱に唱え続ける必要があるだろう。

それをガリオールが、手にした大盾に付与された魔法の守りと、強力な魔力を宿すハルバードを縦横無尽《じゅうおうむじん》に振るう事で散らし、自身と背後のエラティリを守り抜いている。

この世の天災の全てを集めたような魔力の暴力の中で、容赦なく命を刈り取りにくる三枚刃の触手にもガリオールは見事に反応していた。同時に、その背に守られたエラティリの召喚した大小無数、有毒無毒の虫達がマルザミスに襲い掛かっている。

ガリオールさながらに魔力の災害の中を突き進む巨大な蟷螂《かまきり》は、以前バンパイアクイーンのドラミナに神器ヴァルキュリオスの砥石代《といしがわ》わりに切り刻まれたものの同種だろう。

目に見えぬほど小さな小虫から地中を掘り進む肉食蚯蚓《にくしょくみみず》の群れと合わせ、マルザミスの攻撃に負けぬ多種多様な虫達だ。

三者の戦いを見るリネット達三姉妹の表情は険しい。

最初に口を開いたのはキルリンネだった。普段のぽやんとした雰囲気はまだ残っているが、それでも眼差しには真剣な光のみがある。

「ん～、ん～、グヴェンダン様ぁ」

「何かな、キルリンネ」

「グヴェンダン様を落胆させるような事は言いたくないのですけれど、これは正直に言わないといけないので、言いますね」

躊躇いながらも進言すると決めたその勇気を、グヴェンダンは今すぐにでも褒めたかった。

「悔《くや》しい事極まりないのですが、私とガンちゃんの今の装備では、十二翼将とこの幹部級と戦うのはとても厳しいです。ねえ、ガンちゃん」

「……ふう、ええ、とても……ええ、とても残念ですけれど。グヴェンダン様、私とキルリンネ単独では、普段使用を控えている遺失技術を用いた装備を使わなければ、互角以上の戦いは厳しいものでございます。永久機関を内蔵し、レイラインによる強化を持つリネットお姉様であれば、ガンドーガなしでも渡り合えるやもしれませぬが……」

ガンデウスに名前を挙げられたリネットが、話を続ける。

「ガンデウスの評価はありがたいとはいえ、リネットにしてもガンドーガないしはそれに準ずる装備を用いなければ必勝は期せません。相討ちを辞さぬのであれば、我ら三姉妹全員が、一人一殺を実行してみせますが、私達の命はグヴェンダン様をはじめ、ベルンの人々の御為《おんため》にあります。私達の裁量で使ってよいものではありませんから」

グヴェンダンとしては、リネット達にはもう少し自分の命は自分のものだと言い張ってもらって構わないと思っている。これでも自分の命を使い捨てにする前提で話をしなくなった分、改善されたと思うべきか。

「分かっている。私も必要とあらば装備の解禁を行うつもりでいる。アステリアとアムリアの立場を考えれば、前線に赴く可能性は低いし、私達が魔王軍と戦うとしたなら、彼らがこのバロルディに奇襲を仕掛けてきた場合だろうな」

グヴェンダンの言う事はもっともである。

他にあり得るのは、アステリアが前線の兵士達の士気向上と慰撫《いぶ》の為に、カイルスのような精鋭を護衛として前線に向かう場合くらいだろう。

だからこそ、アムリアがアステリアの代理として試験がてら使われる可能性が充分にあるのだと、四人は言葉にせずとも理解していた。

†

ロマル帝国へと派遣された魔王軍は、既に占領した地域に攻略の要となる基地の建設を終えていた。

陸上戦艦が停泊出来るように整えられた基地には、防壁の他に、大規模な攻撃魔法を想定し、強固な防御魔法を随時展開する為の装置と魔力供給装置が全域に設置されている。

陸上戦艦とは別に設けられた基地の司令室に腰を落ち着けた魔六将の一角ザンダルザは、占領した集落に関する報告書に目を通している時に、乱暴な来客を迎え入れる事となった。

司令室の中からでもはっきりと分かるほど濃密な魔力と剣呑《けんのん》な気配を漲らせて、険しい表情を浮かべた魔族の美女が入室してくる。

「軍団長、特務部隊所属マルザミス、参上いたしました！」

両肩から一本ずつ触手を生やした異様な風体《ふうてい》の美女マルザミスは、実父でもある上司へ叩きつけるような言葉を発した。

几帳面《きちょうめん》な様子で書類に目を通していたザンダルザは、父親らしさは欠片も見せずに視線を向ける。

「よく来た。入室を許可する」

「はっ」

互いに親子らしい情は一切なく、軍人同士の張り詰めた緊張感の中での短い応答である。

マルザミスは机を挟み、ザンダルザの正面から視線を受け止めた。もしマルザミスに謀反《むほん》の意あらば、ザンダルザまで机を飛び越えて襲い掛からねばならぬ距離だ。

もっとも、術式を編まずとも膨大な魔力を叩きつけるだけで、高位の攻撃魔法と同等以上の現象を起こせる二人には、あまり意味のない距離ではあるが。

「楽にしろ」

「はっ」

「ふん、虫に食われた傷はもう良いようだな?」

「はい。軍医の腕は確かですので」

虫に食われたとは、先だってマルザミスが交戦したロマル帝国十二翼将ガリオールとエラティリに負わされた傷の中で、最も深かったものを指している。

この惑星から異界、異星のものまで、多種多様な虫を使役するエラティリが、マルザミスの一瞬の隙を突き、厄介な肉食虫を内臓に潜り込ませたのだ。

戦闘の最中に孵化した肉食虫にさんざん腸を食い荒らされたマルザミスは、大量の血反吐《ちへど》を撒き散らしながらも、かろうじてガリオールとエラティリを退けるのに成功している。

一応、戦果としては痛み分けと言えるだろうか。

「ただ肉を食うだけの虫ならば、魔法と薬でどうとでもなったが、霊魂《れいこん》まで食う虫とあっては、そう易々と完治はするまい。思ったよりも厄介な手腕の敵だな。で、マルザミス、傷は良いとして、戦闘に支障はあるか？　偽りなく申告するのが兵の務めぞ」

ザンダルザは娘の苛烈な気性をよく知っている。肉体と霊魂の傷口が塞がったとはいえ、それだけでは傷が完全に癒えたとは言えない。

しかしこの娘は、前線に出ようと軍医らに厳しく口止めをしてもおかしくはない。その可能性を考慮して、派遣軍最高位のザンダルザ自身がこうして確認している。

彼に父親として娘を案じる気持ちが全くないわけではないが、この場においてはマルザミスという単独で数を圧倒する戦力の状況確認を第一とした。

この判断は、一軍の長として冷徹というよりも厳格であると言うべきだろう。

「……はっ。普段の行動においてなんら支障はございません。雑兵共《ぞうひょうども》が相手ならばこれもまた同じです。しかし、先日のロマル帝国十二翼将を相手にするには、万全とは言い難い状態です」

一瞬だけ悔しさを滲ませるマルザミスだったが、父が軍団長としての立場を堅持するように、彼女もまた娘ではなく軍団の兵士としての自分を選んだ。

「そうか。マルザミスよ、全霊を尽くした上での戦いだったのは、誰の目から見ても分かる事。その戦いで負った傷は恥じ入るものではない。戦力をどう扱うかは、軍団の長たるわしの仕事。早晩、大きな作戦があるが、お前は休め」

「それは、親父殿！　……いえ、失礼いたしました、軍団長」

思わず声を荒らげたマルザミスに、ザンダルザはまだまだ青いと叱咤《しった》を込めた一瞥を送ってから、もう一度繰り返す。

「休め」

「はっ」

今度こそマルザミスは反論する事なく命令に首肯し、敬礼の後に司令室を後にした。

娘であり一個大隊に匹敵する戦力であるマルザミスの姿が見えなくなってから、ザンダルザは手にしていた書類を机の上に無造作に置く。

「ロマル十二翼将か。たった二人でマルザミスを抑えるとは、思った以上にやりおるわ。先だっての二人が標準だとすると、わしと古《エンシェント》ゴブリンのガリリウスなら六人は相手取れるか？　しかし、問題は帝国の『契約者』達。ふむ……ガリリウスに一つ話を振ってみるとしよう」

†

「前線への慰問ですか？　士気向上の為の？」

定例となったアステリアとのお茶会で提案された話に、アムリアはそこに含まれる真意とは何かと考えながら問い返した。

お茶会は毎回違う部屋で開かれている。

護衛が同伴しているのは同じだが、今回はアムリア側の護衛にグヴェンダンやメイド三姉妹が勢揃いしているのが、これまでのお茶会とは異なる点だ。

アムリアの問いに頷きながら、アステリアは丁寧に答える。

「ええ。魔王軍という想定外の、しかも反乱軍よりも遥かに強力な敵の出現で、北方の兵士達はもちろん、諸侯に到るまで士気が落ちてしまっています。落ちた士気を向上させるのには、旗頭である私が顔を見せるのが一番手っ取り早いのは、お分かりいただけるでしょう？」

兵士はもちろん、そこらの貴族にとってさえ、アステリアは雲の上の人間だ。実像を知らぬとも、先帝の娘というただそれだけの事実で、尊ぶべき存在に値する。

同時に、魔王軍の存在がアステリア派とライノスアート派の区別なく、帝国の諸兵にとって大いに士気を削《そ》ぐ要素であるのにも、アムリアは同意していた。

南部の反乱勢力も、魔王軍との戦いの旗色が悪いと知れば、すぐにでも行動を起こせるように準備を進めていると情報が入っている。

「慰問の意義と効果は理解しています。ただ、その慰問に私達も同道せよ、というのは意外でした」

「貴方に離宮の中で教えられる事はほとんど教えてしまいましたから、そろそろ外で起きている現場の状況や空気を知ってもらおうと思いまして。私自身、これまでに何度か前線に足を運んでおりますし。貴方にも知ってもらおうと考えたのです」

アステリアは向かい合う人に友好の感情を抱かせるように計算され尽くした笑みのまま、とっくに仮面の下を知っている妹に真意を明かす。

これまでアステリアの行っていた活動の一つを、傍で見る形でアムリアに体験させようというのは、偽りのない本音である。しかし他にも意図がある可能性は否定出来ないから、アステリアは今一つ信用されない。

「ふむ、確かに私が知っておいて損はない事です。それに戦場の空気、実際に戦っている人々の姿というのは、損得とは別に私も知っておきたいものの一つですから」

「不平不満一つなしですか。ふふ、本当に貴方は逞しくなりましたね。いえ、このバロルディに到着する前に、とっくに逞しくなっていたのですね。そして私が貴方の知力、精神力、胆力に消費すべき目的を示したというところですか」

「姉上にずいぶんと誘導される形であるのは、否定出来ません。でも歩むと決めたのも、どう歩むかを決めたのも私です。責任は私にありますから、その点はご安心を」

「ふふふ、ええ、貴方は嬉しい誤算と言いたいくらいに逞しいですね。私よりもよっぽど皇帝に向いていますよ」

「姉上に太鼓判を押していただけるのなら、私も少しは自信を持って玉座にお尻を乗せられます」

アムリアの返答の何かが面白かったらしく、アステリアは手にしていた青い陶器のカップをソーサーに戻し、くすくすと鈴を転がすような笑声を手で隠した口元から零した。

「私が皇帝をただの職と称したのを咎めず、不思議がりもせず、貴方自身もまたただの道具としてしか認識していない。私達は皇族としては異端もいいところでしょうね。ふふ、それがおかしくって」

「ここにいる方々の前でなければ、さすがに口には出来ませんね。それで、前線とは言いますけれど、どの前線に赴かれるのですか？　魔王軍との前線全てを見て回れるほどの余裕はないと存じていますが……」

「ええ。向かうのはマグヌスルフ侯爵《こうしゃく》が率いる第八軍団が対応している前線の一つです。私達の想像するゴブリンとはかけ離れたゴブリンによる軍団を相手に、戦っている方々ですよ」

アステリアの告げた言葉に、これまで沈黙と不動を貫き続けていたグヴェンダンが内心で小さく反応する。

帝国が相手取っているのは、知力、体力、魔力とあらゆる点で通常のゴブリンを上回るハイゴブリン達で構成されているばかりでなく、徹底した規律で統率された精鋭軍団だ。人間種からすれば想像の埒外もいいところである。

しかしグヴェンダンが反応した理由は、その軍団の構成ではなく、軍団を統率する存在にあった。

一対一では、純人間種の最精鋭級の強者である十二翼将でも敗北するであろう、古《エンシェント》ゴブリンのガリリウス。

ハイゴブリンの軍団は人間の兵士でも戦えるが、ガリリウスとその側近達相手に数を頼みにした兵士達では、犠牲にしかならない。

仮にガリリウスがベルンに来たならば、真っ先にドランが相手をすると決めるほどの敵である。

さしものアステリアも、ガリリウスがそこまでの強敵であると知っていないはずなのだが……

――さて、この才女殿はどこまで見えているのか。アークウィッチ・メルルを知力に特化させた人物と言っても過言ではない御仁だ。どこまでも見えていても不思議ではない。

グヴェンダンの内心の警戒の度合いがどうであれ、アムリアのアステリアに対する答えが変わるわけではないし、彼らの行動もまた変わらなかった。

アステリアから前線の慰問を打診されたその翌日。

アステリアと護衛のカイルス、配下の帝国竜騎士達に交じり、幻術によって姿を変えたアムリアとその愉快な護衛達も、前線の一つであるヴァスタージ丘陵へと向かうのだった。

†

皇族専用の高速飛行戦艦アルスロマル級三番艦ラスロマルと、それを警護する飛行戦艦、竜騎士達は、その快速によって当日の内に丘陵へと到着する。

飛行戦艦の長所の一つには、船底からいくつも車輪を備えた着陸装置が迫《せ》り出《だ》して、多少の荒れ地をものともせずに着地出来る点が挙げられる。

ヴァスタージ丘陵にはロマル帝国第八軍団九万八千名が展開し、既に魔王軍を相手に数度の戦闘を行っていた。これまで帝国民に知られていたゴブリンとはかけ離れたゴブリンを相手に、既に多くの犠牲が出ている。

特に、今までは敵が南方の反乱軍と考え、自分達の出番は遠いと楽観視していたせいで、兵士達の士気の下がりようは危険な水準に達しているほどだった。

そこへのアステリア皇女の来訪は、軍団を率いるマグヌスルフ侯爵をはじめとした上層部にとっても、両手を挙げて歓迎するところである。

既に整然と並び立つ兵士全員の顔は、帝国の威光は我らにありと、輝かんばかりの士気と誇りが満ちている。その姿から魔王軍との過酷《かこく》な戦いの疲労は見受けられない。

兜を小脇に抱えた司令官級の者達が見つめる中、着陸したラスロマルの周囲に竜騎士達が降り立った。それが十二翼将の一人カイルスと分かり、第八軍団の諸兵には期待の色がより色濃く浮かび上がる。

ほどなくしてラスロマル左舷のハッチが開き、完全武装した近衛《このえ》兵達《へいたち》が先んじて下船し、続いて美麗《びれい》なる女官、侍女達を伴ってアステリアがついに姿を見せる。

ロマル帝国で最も尊ばれるべき血を受け継ぎ、次代の皇帝となるべき女性。その血統に相応しく、匂い立つような気品、これまで見て来たどんな美女も色あせる麗《うるわ》しきかんばせ。

母親が侍女だから何が問題だというのだ。あの美貌を見よ、あの気品を見よ、今日に到るまでライノスアート大公と渡り合ってきた手腕と実績を見よ。この方以上にロマル皇帝に相応しき方がいるものか――と、兵士の誰もが同じ思いを胸に抱く。

ただ姿を見せただけでそれほどの影響を与えるアステリアと、影響を受けるロマル帝国兵達の様子を、侍女に変装したアムリアは瞬《まばた》きすら惜しんで見つめていた。

ガンデウスとキルリンネは侍女に化けているが、八千代と風香はにわか仕込みでは侍女らしい振る舞いは出来ないだろうと、リネットと共に後から艦を降りる予定だ。

頭から兜を被り、甲冑で全身を余さず隠したグヴェンダンは、護衛の一人に紛れ、兜のスリット越しに静かにアムリアを見守っていた。

皇女という存在のもたらす影響とその重圧を改めて肌で感じ、目で見た彼女が何を思うのか。

ヴァスタージ丘陵に展開するロマル帝国第八軍団の陣地に到着したアステリアの行動は、迅速なものだった。

軍団長を務めるマグヌスルフ侯爵ら司令部の人員との挨拶を手短に済ませるや、ひしめく兵士達のもとを、労苦を惜しまずに歩いて回り、声をかけていく。

本来なら顔を見る事さえ許されぬほど身分の低い彼らに、誠意と感謝、そして労《いたわ》りを伝えはじめたのである。

これにはアステリアをろくに知らないマグヌスルフ侯爵達が大いに慌てたが、最も強力な歯止め役であるカイルスや侍従長が異を唱えなかったので、誰にも止められなかった。

魔王軍との数度の戦闘により、ロマル帝国第八軍団には多くの死傷者が発生しており、まだ助かる見込みのある者は、丘陵地帯に用意された天幕——野戦病院に収容されている。

大気を浄化する効能のある護符によって区切られたその一画は、包帯を濡らす血の臭い、膿《う》んだ傷の放つ悪臭、堪え切れぬ痛みから零れる呻《うめ》き声《ごえ》に満ちている。

少しでも死を遠ざけるべく、多くの軍医や軍団付きの神官達が懸命に働いているが、輝かしい陽光すら翳るかのような雰囲気は拭い切れない。

アステリアの急な行動はマグヌスルフらにとって予定から外れたもので、皇女の来訪に医療関係者達は大いに慌てふためいた。

宮廷で蝶よ花よと育てられた皇女が訪れるのに相応しい場所ではない。現場の者達は口を酸っぱくしてそう告げたが、これにアステリアは穏やかな微笑と共に〝帝国の為に戦った英雄を激励もせずに、何が皇女か〟と応えて鉄の意思を見せた。

貴人と呼ばれる者として見本の中の見本と言うべき言動には、堅牢なるアステリアの意思が感じられて、一度は彼女を止めようとした者達も道を空ける他なかった。

例外は、皇女のこうした行動は人心掌握《じんしんしょうあく》の為に計算して実行しているのだと知っているカイルスや直属の臣下の一部と、グヴェンダン達だが、彼らはそもそも止めるつもりがない。

皇女の来訪が告げられた時、寝台の上で苦痛に呻いていた兵士達は、その匂い立つような気品と典雅《てんが》さに、血や膿の悪臭も、薬品類の鼻を突く臭いも消え去ったと本気で信じた。

ただ姿を見せる。たったそれだけの行動で戦い傷ついた兵士達に苦しみと痛みを忘れさせるのが、アステリアという女性であった。皇女という存在がもたらす影響を計算し尽くしての行動であるのは、言うまでもない。

あまりに恐れ多いと、兵士達が寝台の上で体の動ける限りにおいて頭を垂れたり、寝台を降りて平伏しようとしたりするのを、アステリアは決して大きくはない声で制止した。

天幕の端から端まで届くとは思い難い声量だったが、たまに零れる呻き声の他は静謐《せいひつ》に満ちていた為に、聞き逃した負傷兵は一人もいない。

アステリアは負傷兵一人一人に近づいて声をかけるだけではなく、彼らの傷ついた体に触れ、手を取った。

どこで生まれ、育ち、この戦場に来たのか、実際の戦いはどうだったのか。

彼らの過去も今も、戦場での恐怖や後悔、苦痛も、その全てに耳を傾けて、彼らの声と思いに寄り添う。

ここが魔王軍と対峙している最前線で、一刻一秒でも時間が惜しい現状にあっては、そうした行為が自分の首を絞めると自覚していても。

それでも、誰もこれ以上アステリアを止めようとする者はいなかった。


アステリアの負傷者達への激励と感謝の見舞いは、一日ではとても終わるものではなく、その日は夕暮れ時になってから一旦切り上げられた。

アステリアの纏っている最高級のドレスには負傷兵達の血や、薬品、膿みによる染みが随所に付着している。

ドレスが汚れるのを厭わず、負傷兵達を励まして回った結果だ。

そのまま着替えを兼ねた僅かな休憩を挟み、アステリアは第八軍団首脳部と、これまでの戦闘の情報のすり合わせと今後の対応について、協議する予定となっている。

突貫工事とは思えない堅牢な造りの司令部に用意された一室で、アステリアはお付きの侍女達の手によって着替えさせられている。

部屋の窓は外部からの不躾《ぶしつけ》な視線を許さぬとばかりに固く閉ざされており、室内の侍女達の過半数は荒事に対応出来るよう過酷な訓練を積んだ戦士でもある。

アステリアの為に用意されたこの部屋は、瀟洒《しょうしゃ》な細工が床にも天井にも壁にも施され、分厚い絨毯に施された金糸銀糸の刺繍の精密さたるや、目を剥《む》かんばかりだ。

ほのかに甘い香りを含む煙を立ち上らせる黄金の香炉も、壁に掛けられた絵画も、全てがロマル帝国の財力を誇るが如く、金貨の山と引き換えにしなければならぬものばかり。目隠しをしてここに通されれば、宮殿の一室だと言われても、その言葉を疑う者がどれだけいるやら。

そんな前線の司令室とは到底思えない部屋に併設された浴室では、アステリアが香油を垂らしたお湯で満たされた湯船に優雅に体を預けていた。湯気を噴く透明なお湯には何種類もの花びらが浮かび、浴室の中はえもいわれぬ芳香で満ちている。

付近には、いつ声が掛けられても良いようにと、数名の侍女達が控えていた。

そのうち二名が、アステリアのお湯に浸る体に直に触れて、疲れを揉みほぐすべく、たおやかな指を動かしている。

室内にいるのが同性であり、また事情を知る者に限られているとはいえ、アステリアに恥じらう素振りは見られない。

侍女達を信頼しているから……ではない。

もし、アステリアがそうする事の出来る精神の持ち主であったなら、アムリアに対する扱いはこれまでのようなものとは違っていただろう。もっとありきたりな、帝位継承権を巡る敵に対する態度になっていたはずである。

蓋《ふた》を開けてみれば、答えは簡潔で冷淡なものだ。

アステリアにとって、今、負傷兵達の苦しみの声と血の臭いに触れた体を清める侍女達は、自分と同じ人間として認識するに値しない存在なのだ。

彼女が恥じらうのは、少なくとも自分と近い存在が相手の場合だ。

血が通い、息をし、心臓が動き、言葉も交わせるが、アステリアにとって侍女達はゴーレムとさして変わらぬ道具なのだから。

堂々と裸身を晒すアステリアの代わりとばかりに、恥じらうように視線を伏せる女性がいた。アステリアに招かれた変装継続中のアムリアである。

中身はまるで別人だが、少なくとも妹の方は、自分と同じ顔の人物が不特定多数に生まれたままの姿を晒しているのを見ると、まるで自分が見られているようで恥ずかしいのだ。

そんなアムリアの後ろには艦を降りて合流した八千代と風香、それにリネットが控えている。こちらは、戦場で風呂とは呑気なものだ、と半ば呆れている。

他のガンデウスとキルリンネ、それにグヴェンダンとカイルスらは部屋の外の廊下で警護活動の真っ最中である。

「どうでしたか、アムリア。負傷兵へのお見舞いは、貴方にとっていささか刺激が強かったかしら？　それとも終《つい》の集落《しゅうらく》で難民の方達の治療のお手伝いをしていたと聞いたから、血と薬の入り混じった刺激臭も、絶える事のない苦痛の声も慣れたもの？」

アステリアは先程まで自分の服を汚していた兵士達への嫌悪や労りは欠片も浮かべず、血を分けた妹にからかうように問う。

負傷兵達をもう忘れたと言わんばかりの口ぶりに、アムリアは短いが重い溜息を零した。

「あの集落で私が接したのは、故郷を理不尽に追われ、行くべき場所もなく、それでも懸命に生きようとする方々でした。しかるに、先程の方々は追われるのではなく、追う側であった方々。そして傷を負った理由も、謂《いわ》れなく故郷を焼かれたのではなく、国を守る為に侵略者と戦った結果という誇るべきもの」

「あら、では同情も憐憫も不要なものと？」

「いいえ、早合点は姉上らしくありません。それでも傷つき苦しんでいるのは、どちらの方々も同じです。死を恐れ、懸命に生きようとする生命には違いありません」

「そう、聖人みたいな言葉を口にするのね。皇女よりも聖女の方が貴方には向いているのかしら？」

からかっているのでも、皮肉を言っているのでもない。本気でそうかもしれないと考えているアステリアを、アムリアは呆れを隠さずにバッサリと切り捨てた。

「そんなわけないでしょう。真に聖女であるのなら、今頃は帝位争いも内紛も、全て言葉だけで終息しています」

それを聞いて、アムリアの定義する聖女は、求められる基準があまりに高すぎて、さすがに現実には存在しないのではないかと、アステリアですら思った。

とはいえ、この妹は妹で姉とは違う方向で常人とは感性と視野が異なる。アステリアは深くどころか浅く追及する気にもならなかった。面白いとは思うのだが。

「貴方は最近、私に対する遠慮がなくなったわね。普通の姉妹らしいやりとりが出来ているのよね、きっと」

「普通の姉妹、ですか」

良くも悪くも、アムリアの周囲には普通の定義に収まる人物が少ない。

彼女の知る範囲での姉妹と言うと、最も身近なのがリネット、ガンデウス、キルリンネら血の繋がらぬメイド三姉妹になる。三人は仲こそ良いが〝普通の姉妹〟と表現するには、さしものアムリアも躊躇するところであった。

「別に普通というものに憧れているわけでもないけれど。もう、湯浴《ゆあ》みは結構。これからマグヌスルフ侯爵達との軍議に出席します。アムリア、貴方もその変装はしたまま同席なさい。護衛の方達の同席も許します」

ゆったりと、名残惜しげなお湯の粒を裸身に纏い、アステリアが湯船から立ち上がり、侍女に手を取られながら風呂から出る。

すると、他の控えていた侍女達が素早く近づいて、見る間に彼女の体を囲い込んで、濡れた体を拭っていく。

アムリアは侍女達の間から垣間見える姉に向けて、小さく頭を下げた。

「分かりました。姉上の仰る通りにいたします」

含むものがたっぷりあると、誰の耳にも分かるアムリアの声であった。

そろそろ、この妹の忍耐やら我慢も、限界が近いのかもしれない。

第五章――魔王軍侵攻

アステリアが第八軍団の激励と慰問の為に、ヴァスタージ丘陵の陣地を訪れていた頃の話である。

魔王軍ロマル方面軍は、ロマル攻略において、陸上戦艦を中心とした艦隊を先行部隊として、安全が確保された後に、本国から補給物資を満載した部隊が合流する手筈となっていた。

第八軍団との数度の戦闘により消耗した弾薬や医療品、鎧兜に剣や槍といった基本的な武器と補充の人員らの受け渡しが行われ、一時的にロマル方面軍の足は止まっていた。

この時点で、既にザンダルザとガリリウスらの率いる魔王軍が占拠した町や村の数は、十を超えている。

ヴァスタージ丘陵はロマル帝国の版図の中でも北端に近いところにある。

その近辺には少なくない数の開拓村があり、魔王軍の電光石火の侵攻に対して、避難の間に合わなかった者達がそれなりにいた。

暗黒の荒野からヴァスタージ丘陵に入ると、赤茶けた荒涼《こうりょう》とした大地の面影《おもかげ》は消え果て、緑と生命の溢れる大地の片隅にこびりつく汚れのように、一つの開拓村があった。

獣避《けものよ》けに杭をいくつも組み合わせた簡単な防壁と空堀《からぼり》で囲まれた五十戸ほどの村。

このサージという村に限らず、辺境の開拓民達にとって神々の系譜に連なる魔族などという存在は、まさに寝耳に水である。

かつて学者を目指しつつも挫折して村に舞い戻った、地元では神童と呼ばれた者達がかろうじて知っている程度だが、その神童とて片手の指ほどもいはしない。

彼らにとって暗黒の荒野とは、巣を追われるか勢力争いに敗れたゴブリンやオーガなどの魔物や猛獣が、時折姿を見せる危険な場所という認識にすぎなかった。

それがまさかこうも充実した軍備を備えた軍勢が姿を見せるなど、開拓民はおろか帝国の誰も想像していなかっただろう。だから、サージ村が抵抗を諦めて早々に降伏しても、誰が責められようか。

サージ村の人々にとっては幸運な事に、魔王軍は降伏を受け入れると、それ以上の干渉をこれといってしなかった。

物資や人手の徴発を行わず、また人類の軍隊がよく行う娯楽代わりの強姦や虐殺もなかったので、サージ村の人々はその対応に安堵しつつも、一抹《いちまつ》の不安を覚えていた。

これが派遣されたのがヤーハームやザンダルザら魔族に屈服した、ゴブリンや亜人種、人間達であったなら、占拠された村々に暴虐《ぼうぎゃく》の嵐をもたらしたかもしれない。

だが、今回派遣されたのはザンダルザ率いる魔族と、ガリリウス配下の高位のゴブリン達であったのが幸いした。

占拠した先での徴発など、事前に構築した戦争計画の邪魔にしかならないと、語るまでもなく却下、というのが魔王軍の基本的な考えだ。

徴発した糧食や医薬品に毒が入っているかも分からないし、質も定かではなく、安全かどうかの鑑定をする手間をかけてもいられない。

占領した先での強盗や強奪もこれに倣う。同じく強姦の類にしても、自分達に負けた弱者の血などいらぬし、強者は強者と血を交わして子孫を残すべしと考えているから、これもまた論外である。

これらの思想は特にムンドゥス・カーヌスに属する魔族や高位のゴブリン達に、本能の域に達するほどに刻み込まれている。

もしザンダルザやガリリウス、あるいはヤーハームが自軍の兵がそのような行為を行っているのを目の当たりにしたら、即座に死刑を執行するだろう。

何故、彼らがそのような思想を持つに至ったのか。

全ては魔界から地上へと移り住んだ彼らの祖先に端を発する。

ムンドゥス・カーヌスを築き上げた魔族の始祖達は、元々は魔界に居を置く軍神サグラバースの眷属だった者達だ。

栄《は》えある軍神の眷属だった彼らだが、神格を放棄してでも地上へと移住したのは、永劫《えいごう》に終わりの見えぬ神々の戦いに疲れ、恐れ、逃げて安息を得る為だった。

軍神の眷属でありながらも戦いを忌避《きひ》するという、存在意義の否定にも繋がる大罪を犯し、主人と仲間達に背を向けて戦場から逃げ出したという負い目があったのだ。

しかも主人であるサグラバースはそんな彼らを責めるでもなく、地上へと移住する者達を快く送り出した。持たせられるだけの物を持たせて、達者で暮らせと慈悲深い言葉まで与えている。

そこまでされてなお地上へと逃げた彼らには、せめてこれ以上サグラバースの温情を踏《ふ》み躙《にじ》らないように、かの慈悲深き神の顔に泥を塗らないように誓った。そして自分達のみならず子孫達に到るまで、サグラバースに顔向け出来ない真似をせぬよう厳命した。

サグラバースは軍神として、戦争の暗黒面たる弱者への虐殺や略奪を禁忌《きんき》としてはいない。

そうした蛮行による悲劇も確かに存在する側面であり、それに目を背《そむ》けてなんになると考えているからだ。故に虐殺を行うも行わぬも、当事者の判断に委ねている。

ただ、禁じていないからといって快く思っているわけでもない。表立って禁じてはいなくとも、内心では苦い顔になっているわけだ。この辺りの機微は、戦友兼好敵手のアルデスと共通している。

そこのところを、元眷属である始祖達は知っており、子孫らにもこれを伝えていた結果、占拠されたロマル帝国の村々は驚くほど平穏な占領状態となっている。

占拠した魔王軍が開拓村にした事と言えば、せいぜいムンドゥス・カーヌスの旗を門前に掲げさせたくらいのもの。それ以降は第八軍団との激しい戦いが繰り広げられても、サージ村を含む占拠された村々への対応は変わらずにいる。

安心してよいやら、恐怖し続ければよいやら、占拠された村人達の心境は穏やかならずだったのだが、その日、サージ村には極大の緊張が走っていた。

どういう風の吹きまわしなのか、ロマル方面軍の事実上の最高位にあるザンダルザが、護衛も連れずに呑気にサージ村の中を歩き回っていたのである。

闘志の欠片も浮かんでいない顔だけ見れば単なる散歩のようだが、そんな事は村人に分かるわけもない。誰もが畑仕事を放り出して家に引き籠って、怖々と様子を窺うに留まっている。

そんな村人達からの恐怖の視線を浴びながら、ザンダルザの三つの頭は揃ってつまらなそうに口を尖らせる。

「なんじゃい、密偵の一人でも入り込んでおるかと思ったが、変わらず無抵抗の村人しかおらんわ。わざわざわし一人で闊歩《かっぽ》しておるというのに、暗殺しようという輩《やから》がおらんではつまらん」

村人達を生贄《いけにえ》に捧げようだとか、戦意向上の為に皆殺しにしようだとか、そのような考えはザンダルザには微塵もなかった。口にした通り、ロマル帝国側の放った密偵か暗殺者でもいないものかと、半ば暇つぶしに出歩いているだけらしい。

なんと豪胆な、なんと迂闊な振る舞いであろう。

そんな彼の望みは半分ほど叶えられた。固く閉ざされていた家のいくつかの扉が開いて、小さな影達が飛び出し、彼の背後を取ったのである。

ひょう、と正確な狙いで小さな手が投げたのは、小ぶりな石だった。ザンダルザはゆったりと振り返りながら、右手の一本で石を受け止める。

ザンダルザを狙う者達はいた。ただしロマル帝国の放った暗殺者などではなく、村の子供達であったけれども。

ザンダルザは手の中の石を弄びながら、自分の腰にも届かない三人の子供らを見下ろす。

それぞれに薪を剣の代わりに持って、勇ましくザンダルザを見上げる男の子が二人と、手に石を持った女の子が一人。

子供達が飛び出してきた家々からは、子供達の名前を呼ぶ悲痛な親達の叫びが聞こえた。

「い～い狙いじゃ。非力さを補うのに石ころを投げるのも良い選択よ」

ザンダルザは角の生えた三つの頭と真っ赤な肌を持ち、おまけに腕は六本もある。

このような異形であるのに加えて、魔王の座に就いていてもおかしくない強力な魔族である。

その眼差し一つ受けるだけでも、百戦錬磨の戦士でさえ心胆《しんたん》を恐怖で震わせて、戦意を喪失しかねない。これで殺気でも込めればその場で昏倒《こんとう》するか、悪ければそのまま死んでしまうだろう。

「や、やい、魔族！」

飛び出した子供のうちの一人が精一杯の虚勢《きょせい》を張って呼びかけた。

「おう、なんじゃい。チビ共」

「ここは、ここはおれ達の村だ。お前らなんか出て行け！　出て行かないんなら、おれ達がやっつけてやる‼」

「はあっはっはっは。なんじゃ、坊主ども、いっぱしの勇者気取りか？　お前の親達は血相を変えてやめろと叫んでおるぞ。親の言う事を素直に聞いておく年頃であろうが、うん？」

「家の手伝いだったら素直に聞くさ。でも、お前らが来てから、皆《みんな》が暗い顔をして下を見てなきゃいけなくなってるんだ。お前達のせいで皆から笑顔がなくなっている。だったら、誰かがどうにかしなくっちゃいけない！」

子供が構える棒きれはぶるぶると震え、彼が今も逃げ出したいほどの恐怖と戦っているのは明白だ。彼と同じ行動に出た他の子供達もそれは同じだ。

だからこそ、ザンダルザには愉快で堪らない。

「〝誰か〟ならお前さん達でなければならん理由もなかろう？　それこそお前らがわざわざ税を払っておる帝国の連中が、責任を果たす為にお前さんらを助けに来るのを待っておればよい。それとて、奴らがわしらに勝てればの話じゃがな」

「〝誰か〟でいいなら、それがおれ達だって構わないだろ！　うわあああ！」

子供に一歩を踏み出させたのは、これ以上は耐えきれないと叫んだ恐怖か、それともそれを上回る勇気か。それは、子供自身にも分からなかったろう。

思い切り走り出した子供に続いて、同じように飛び出した別の男の子も棒きれを振り上げ、女の子は手の中に持っていた石を再びザンダルザの顔を狙って投げつける。

彼らの行動を見守っていた村人達は、次の瞬間には血の海に沈む子供らの姿を想像し、絶望と恐怖に嘆《なげ》いた。

そうしてもおかしくない相手であったし、そうされてもおかしくない行為であった。

しかし、彼らの思い描いた正確極まりないはずの未来は、大いに裏切られる。

先頭を走った子供の振りかぶった棒きれは、ザンダルザの左太ももに叩きつけられ、続いた子供の棒きれはその反対側を確かに叩いていた。

女の子の投げた石は狙い通りにザンダルザの真ん中の頭の額に当たり、あまりの皮膚の固さに逆に砕けてしまった。

「ふふふ、坊主共、よう振れておるが、まともな師を持て。真面目《まじめ》にやればいっぱしの戦士くらいにはなれる。勇者になれるかどうかは、ま、運に恵まれるかどうか次第。そこの女童、お前さん達の中ではお前が一番、目がある。その歳でここまで上手く投げられるのなら、一つ、投擲を武器にしてみるのもよい。お前達が我らムンドゥス・カーヌスの兵となるか、それとも敵する者となるかは自由、好きと勝手というものだが、このわしに恐れを抱きながらも打ちかかる蛮勇は見事」

もちろん、痛みなど欠片も感じていないザンダルザだが、何を考えてかひょいっとその場を跳躍し、傍らにあった家屋の屋根に飛び移る。呆然とする子供らを心の底から楽しげに見つめ、破顔する。

束《つか》の間《ま》、子供らの胸の内から闘志と恐怖を忘れさせた、好々爺然《こうこうやぜん》とした、まろやかな笑みであった。

「お前さんらの勇気と手痛い攻撃に免じて――いや、参ってしまったのでな。今日のところはこれで退散よ。土と格闘して生涯を過ごすもよし。このザンダルザに一撃を入れたと誇り、戦士になるもよし。いずれにせよ、健やかに生きるがいい、見事なチビ共‼」

ザンダルザは天をも轟《とどろ》かせるような笑い声を発し、そのまま家の屋根を蹴り、子供達の視界から一瞬で消え去る。ただ一度の跳躍により、転移魔法かと誤認しそうな速さで動いたのだと分かる者は、サージ村にはいない。

ザンダルザが刺客の一つでもいないものかと外をほっつき歩いていたのは、ガリリウスと共同で近く行う予定の大戦闘に備え、ちょっとした準備運動のつもりだった。

ただの無駄足に終わるかと思った矢先、思わぬ愉快な〝戦い〟があり、ザンダルザは非常に機嫌が良かった。

「かっかっか、いやいや、下手な暗殺者なんぞよりも愉快な〝敵〟であった。ああいうのが世にいる限り、心躍る闘争には困るまいて。はーはっはっはっは‼」

この一事が、ザンダルザの士気を高めに高めたのだった。

†

その二日後、ライノスアート大公がザンダルザに、アステリア皇女がガリリウスに襲撃を受けた。

ガリリウスとザンダルザ率いる魔王軍を相手に、ライノスアートとアステリアらは秘密裏に使者を交わして、魔王軍を撃退するまでの間に限り、停戦とする事を取り決めていた。

これは北からやってきた魔王軍が、未知の要素の大きな脅威であるのに加えて、この混乱に乗じて再び動き出そうとする南方の反乱諸勢力への対応を迫られたからである。

これまで最大の敵はお互いだったライノスアートとアステリアだが、両者が共倒れになっては元も子もない。ロマル帝国でもない者らに帝国の大地を支配されるのだけは許容出来ないという点で――アステリアはその限りではないが――意見が合致し、停戦が実現されている。

グヴェンダンらがバロルディでアステリアらと接触した頃には、既に停戦条約は効力を発揮しており、帝国軍同士の戦闘は不幸な行き違い等の例を除けば発生していない。

一時、ライノスアートとアステリアの判断に不服を覚えていた帝国貴族や軍人達も、実際に魔王軍と対峙すると、考えを改めた。

技術で勝り、一個の生物としての能力で勝る彼らと戦えば、これは同じ国の人間同士で争っている場合ではないと、顔を青ざめさせた。

マルザミスを相手に、十二翼将二名が魔法による支援あっての状態でようやく互角に戦えたという事態は、さらにそれに輪をかけるものであったのは言うまでもない。

不幸中の幸いだったのは、密偵から伝えられた魔王軍のあまりの精強さに、帝国が倒れれば次は自分達が戦わなければならなくなると、反乱諸勢力が二の足を踏んでいる事だった。

これはライノスアートとアステリアが共謀《きょうぼう》して、魔王軍の強大な戦闘能力を包み隠さず反乱勢力側に流出させたのが理由だ。

総数で見れば、ライノスアート派やアステリア派の帝国軍にも匹敵する戦力を保有する反乱勢力だが、内実は一枚岩ではなく、様々な思惑と思想の入り混じる玉石混交《ぎょくせきこんこう》状態にある。

彼らがどれだけ漁夫の利を狙おうとも、種族や思想の壁を越えた統率力を有する指導者が現れない限り、アステリア達にとっては御しやすい相手にすぎないのかもしれない。

斯様《かよう》な事情により、アステリアとライノスアートらは当面の間、北からの魔王軍への侵攻へ注力すればよい状態を作り上げるのに成功している。東のアークレスト王国への警戒は、依然継続中であるが。

そのアークレスト王国もまた魔王軍と戦争状態に陥っているのが、せめてもの救いであろうか。

いずれにせよ、ライノスアートにとっては、魔王軍の襲来はロマル帝国の内乱を終息させるのに、大きな障害となったのは間違いない。

その日ライノスアートは、以前よりもさらに増してきた仕事がもたらす疲労を全身に感じながら、帝都ロンマルディアの宮殿内に用意させた執務室で仕事に邁進《まいしん》していた。

室内にはいつもの如く『千里時空眼《せんりじくうがん》』のアイザ将軍が一人いるきりで、政務の補佐を担当する者はおらず、護衛も部屋の外に控えている近衛兵だけだ。

「アステリアの動きが妙に温いが……妹と接触したのか？」

ライノスアートは姪《めい》が外面《そとづら》だけは良いのをよく理解していた。

心優しく聡明な皇女のふりをして、その中身はライノスアートも背筋《せすじ》に冷たいものを覚える策略家であり、民族も種族も思想も問わず、誰も彼もを等しく価値がないと見ている。

それでもライノスアートはまだアステリアが皇帝の座を狙っていると考えていた。まさか双子の妹と自分をすり替えて、皇帝の座を譲る事に目的を変えているなどと、彼に分かろうはずもない。

「魔王軍への対応はこちらの十二翼将を総動員する他あるまい。反乱軍共はその他の戦力で叩くか。アステリアについてはアムリアの動向共々監視を続行する他ないな。どうにも手詰まりだな。状況を変える一手か戦力が欲しいが……」

各地から収集した情報の整理を行うも、自軍の難しい展望に眉根を寄せるライノスアートの耳に、執務室の扉を規則正しくノックする音が届く。

来客の予定はなかったが、何か新しい情報の連絡だろうか。

「大公閣下、ハウルゼン大将軍がお出でです」

近衛兵の告げた名は、ライノスアートにとって意外な人物の名前だった。

帝都と皇帝の守護のみを目的とする赤鎧の将軍が、自らライノスアートのもとを訪れるなど、滅多にない。

ライノスアートは意外な気持ちを抱きながら入室の許可を伝えた。

音一つ立てずに入ってきたハウルゼンの姿を見て、いつも通り二本脚の赤いカブトムシのようだ、と感想を抱く。

決して口にはしないが、この感想を抱くのはライノスアートばかりではない。

「大公、ご多忙中、失礼する」

感情の揺らぎを含まぬ声には、さほどの敬意はない。

ライノスアートの記憶にある限り、皇帝であった兄や、父や祖父を相手にしても、ハウルゼンの声に敬意は含まれていなかったし、逆に嘲《あざけ》りや侮《あなど》りも含まれていた事はない。

「貴公にとっては、ロマル皇帝すら本当は価値がないのかもしれんな」

思わず零れたライノスアートの言葉を、ハウルゼンは聞かなかった事にしたらしい。

構わずに歩を進めて、ライノスアートと机を挟んで正面から相対する。

ライノスアート派最強の個体戦力の一人と目される男（？）は、一度だけアイザに視線を送った。

「アイザ将軍は眠っているのか」

ハウルゼンが入室してからも、アイザは一言も発していなかったが、どうやらソファにちょこんと腰かけたまま眠ってしまっているらしい。

「アイザの千里時空眼は便利だが、行使するのに負担がないわけではない。内紛が勃発して以降、アレには負担をかけている。多少の不作法は許すべきだろう。私が許しているのだから、貴公は何も言うな」

「ならば寝室できちんと眠らせるべきとも思うが……千里眼が意図せず視た情報を即座に伝える必

要性もあるか。なれば私は何も言うまい」

「貴公が私に忠誠を誓っていないのは承知の上だが、そうしたまえ」

帝国にも皇室にも誓ってはいないのだろう――とまでは口にしない理性が、ライノスアートにはあった。

「私〝達〟の索敵範囲に侵入者を探知。数は七。いずれも高位魔族と推定される。当方に迎撃の用意あり。帝都郊外にて迎撃行動の許可を」

「なに？　魔王軍との戦線は帝都の遥か北だぞ」

「転移魔法の使用痕跡はない。飛行魔法と地上走行の併用による強行軍と思われる。一般の兵では時間稼ぎにもならない。十二翼将級の戦力の投入が賢明である」

「常識的に考えるなら、狙いは私の首か？　軍神の末裔なら戦争そのものをもっと楽しむかと思っていたが……」

さすがに険しい色を顔に浮かべるライノスアートだったが、それもすぐに捨て去って腹立たしげに背もたれに体重を預けた。

「可能性が最も高いのは、大公の生命である。アイザ将軍を起こし、近衛兵と共に城内の地下へ避難されたし。第七封鎖区画への立ち入りを特例として許可する」

形式上、ライノスアートがハウルゼンの主君となっているが、この会話においてはハウルゼンの方こそがライノスアートに許可を下す立場になっている。

帝国臣民の誰もが疑っていたように、このハウルゼンがロマル帝国の真の支配者なのかと思わせるやり取りである。

「特例を除き、平時では皇帝だけが足を踏み入れられる封鎖区画か。今回のような状況ではなく、皇帝となってから堂々と立ち入りたかったものだがな、ふん」

「封鎖している区画に愉快なものはないぞ」

「愉快かそうでないかは私が決める事だ。ハウルゼン、ロマル皇帝代行者として帝都郊外での迎撃戦闘を許可する。帝都に敵の侵入を許すな。臣民に被害を出してはならん。必ずや勝て。以上を貴公への命令とする」

「困難な命令を出すものだ。だが命令は了承した。これより迎撃行動へ移行する」

ハウルゼンの赤い兜の奥で、兜同様赤い瞳が鮮やかな輝きを発した。

†

西の大地の彼方へと太陽が沈みはじめる頃に、ハウルゼン率いる近衛隊は侵入者迎撃の為に帝都郊外の遥か上空に展開していた。

全身を鎧兜で覆い尽くし、素肌を僅かも露出していないこの部隊もまた、ハウルゼン同様にその中身は人間ではないのでは、と噂されている。

近衛兵達はハウルゼンの兜から角を外し、鎧の色を赤から緑へと変えた以外に、これといった差異はない。

夕暮れと夜の闇が溶け合い、僅かな時間だけ世界が紫がかった色合いに染まる中、赤色と緑色の鎧姿の兵士達は、一人の例外もなく侵入者の迫りくる方向へと視線を集中している。

彼らの手に武器らしきものは握られていないが、分厚い金属の籠手に包まれた拳ならば、そのまま充分な武器になるだろう。

ハウルゼンを含めた五名の近衛隊は、常人の視界ではまだ映す事も出来ない彼方にいる侵入者達の姿を捕捉し、いつでも戦闘を始められる用意を終えている。

彼らがまだ戦いを始めていないのは、目下、彼らの守護の対象となっているライノスアートが封鎖区画へと避難するのを待っているからだ。そしてそれは、たった今終わった。

「迎撃行動に移る。距離一七〇〇より兵装の使用を解禁。使用兵装は有人惑星大気圏内カテゴリに固定」

空に羽ばたく翼もないままに飛翔したハウルゼン達は、高位の飛翔魔法にも匹敵する超音速で、帝都の空を切り裂く弾丸と化した。

アイザの千里眼が機能していなくとも、戦時となれば帝都の周囲には最大限の警戒がなされているのは言うまでもない。

騎兵達による隙のない警戒網と、複数の魔法使いの探知魔法や使い魔との感覚共有、精霊使い達による精霊との知覚共有。さらに占星術をはじめとした各種占いを用いた未来予測により、近い未来の時間軸で発生する危難にも備えている。

しかし、今回の侵入者はそれらの警戒のほとんど全てを潜り抜け、最後の砦であるハウルゼンによって、ようやく捕捉されている。

それだけでも尋常ならざる強敵であるのは間違いなく、ハウルゼンはガリオールらを相手に終始優位に戦ったあの魔族以上の強者が侵入者であると結論付けている。

「暗黒の荒野の魔族。先祖返りによって亜神の位《くらい》に到った変異体であるか？」

不意にハウルゼンが頭上を見上げて空に問いかけた。

夕闇の向こうに星の輝きが煌めく空は答えず、代わりに姿の見えない老人の声が響いた。ひどく楽しげだ。

「変異体とは心外な。ただ長生きしただけの爺よ」

まるで月の光が滝のように流れ落ちてくるようだった。

空中で停止したハウルゼン達の前方、人間が芥子粒に見える距離に集まる月光の粒子が、五つの人型を作り上げた。いや、腕や頭の数、獅子を思わせる下半身を持つなど、純人間種とはかけ離れた姿形が出来上がる。

悪戯の成功した子供のような笑みを三つの頭に浮かべたザンダルザを筆頭に、ロマル帝国の支配者の片割れの顔を見に行くお遊びに付き合わされた実力者達である。

マルザミスも本来ならこの一行に加わるだけの実力を持つが、虫に食われた霊魂の傷がまだ癒えておらず、参加を見送られている。

「暗黒の荒野の覇権争いにはもう飽《あ》いたか。軍神の古き末裔」

「ほう、そこまでわしらの事を分かっているのか。ふむ、その装《よそお》い、その知識……ははは、なんだ、お前さんか？　大公とやらにちょっかいをかけるまでは引っ込んでいるかと思うておったが、思ったよりも早く出てきたもんじゃわい」

ざり、と音を立ててザンダルザは顎を撫でる。

ハウルゼンの存在は彼にとって想定した範囲内だが、この邂逅の早さは嬉しい誤算であったようだ。

「ふぅん、ふぅん、ふふ。十二翼将とやらが思いの外やりおるでの、さてと思うたが……ここまで来て出てきたのがお主だけであるのならば、ははぁん、初代皇帝の契約者は皇女についたか。人間ではなし、なれば間違いなかろう」

ザンダルザの言葉はライノスアートやアステリアであっても、大小の差異はあれど、驚きを禁じ得ないものだったろう。

ザンダルザが口にした契約者という単語は、ロマル皇室においては極めて大きな意味を持つ。

これまで暗黒の荒野のみを活動範囲としてきた魔王軍――ムンドゥス・カーヌスが、そこまでロマル帝国の秘事を知っているのかと、驚くのは道理だ。

ただ驚くだけで終わらないのが、ライノスアートとアステリアであるが。

「さすがの知見だ。古く強き魔族よ。天人との戦争では祖神に与えられた城に籠り、苦杯《くはい》を嘗《な》めさせられた世代とは異なる振る舞いをするものだ」

「くく、まあ、なんだ。祖神に恥じ入る怯懦《きょうだ》な振る舞いと思う者もおるが、籠城戦は立派な戦というのがわしの持論でな。天人は滅びたが、我ら魔族は今に到るまで生きておる。滅びたものを敗者と呼び、滅ばなかったものを勝者と呼ぶ方が道理に適うのではないかな？　ちなみに、お前さんは籠城戦に参加した口か？　そうであるのなら、まあ、わしとしても過去の屈辱を雪ぐ好機と少しは意気込むのだが？」

「あいにくと魔族との戦争期、私はまだ製造されていなかった」

「なんじゃ、それは残念。しかし、よくも現代に到るまで稼働し続けておったものよ。遺跡の奥底で眠っておるのならともかく、お前さんの場合は連続して稼働し続けておるのだろう。不具合の一つでも出ておかしくなかろうに」

呆れと感嘆が絶妙に配合された感想を零すザンダルザに、ハウルゼンは奇妙な人間味を交えた声で応える。

「稼働しているのは私だけではないのでな」

奇妙に律義な二人のやり取りだが、ザンダルザに同道している魔族達も、ハウルゼンに従う近衛兵達も、誰も異論を挟まないのもまた奇妙ではある。

「ふぅん、そうであるのなら、帝都攻めはちと迂闊だったか。まあ、構うまい。お前さんがわざわざこうして出向いてきたのじゃ。少しは爺《じじい》の悪戯に付き合ってくれるのじゃろうなあ」

「私は私の役目を果たす。役割が終わりを迎えるまで。契約が破棄されるまで。そして……貴殿の迎撃は我が役目の内」

「そうでなくてはな！　おう、お主ら、思うたよりも厄介そうな手合いじゃ。死なん事を第一に戦え。わしの援護なぞ考えんでよろしい‼」

「迎撃行動を開始する！」

律儀《りちぎ》なやり取りから一転、両者の戦意はそれまでの会話が前振りであったかのように高まり、帝都上空は他の生物の侵入を許さない闘気渦巻く戦場へと早変わりする。

夕暮れから夜の闇へと変わる黄昏時《たそがれどき》、あるいは逢魔《おうま》が時《とき》。東にある島国ではそうたとえられる時刻に、人間ならざる帝国の守護者と軍神の末裔たる老魔族は、戦意の火花を散らして夕闇に彩りを加えた。

「まずは遊びの一手からじゃ。ほれほれほれ！」

ザンダルザの六本の腕がハウルゼンへとつきつけられる。

開いた掌には彼の魔力が集約し、赤黒い光の槍となって放出される。

魔法ではない。魔法としての体裁を整えていない生《なま》の魔力を、精妙な操作によってそのまま掌に集めて放出しただけの行為だ。

下位の魔法にすら該当しない原始的な魔力の行使も、ザンダルザ級の個体が行えば上位の攻撃魔法にも等しくなる。

「敵個体ザンダルザの魔力出力七メガマギト。対魔法障壁、通常稼働にて対処」

自らに迫りくる魔力の槍に、ハウルゼンはこれといった防御や回避の動きを見せず、そのまま突進した。変化があったとするならば、彼の体内で発せられる硝子《ガラス》に爪を立てるような音が、僅かに高くなった事だろうか。

光に準じる速さで投擲された魔力の槍は、ハウルゼンの鎧に命中する直前に、彼を半球に覆うような形で砕けて霧散《むさん》し、はるか後方へと流れていった。

「堅い守りじゃな。術式を編まねば守りを抜けそうにないの」

ザンダルザの放つ六本の魔力の槍を皮切りに、他の魔族達は四方に散り、それを追って近衛兵達も散開している。

これまで無手であった近衛兵達はそれぞれに銃らしき筒状の物体や、常人には扱えない大きさの大剣、槍、細長い板のような物体を携行し、迎撃行動へと移っている。

「踊れ踊れ、火よ、踊れ、お前が踊れば世界が燃える。燃えて燃えて、全てを灰にしてしまえ！」

ザンダルザの六本の腕がそれぞれ奇怪な動きを見せ、三十本の手の指もまた不可思議な形に組み合わされる。

ハウルゼンはこれを魔法ではないと判断した。自らの神通力《じんつうりき》による物理・魔法の法則への介入である。

六本の腕の先で赤く光る文字のようなものが浮かび上がるのと同時に、ザンダルザとハウルゼンの間に巨大な海月《くらげ》を思わせる、いやにプルプルとした炎の塊が六つ生じた。

ゆらゆらと波にたゆたうように浮かんでいた炎の塊だが、ハウルゼンがこれを回避すべく軌道を修正しようとした途端、血の臭いを嗅ぎつけた鮫の如く俊敏《しゅんびん》に彼へと襲い掛かる。

炎の海月は一切熱を放出していないものの、その内部に蓄えられた熱量は、周囲の地形を一変させ、一時的にせよ気候を変えるほどのものだ。

ハウルゼンはこれを的確に見抜いていた。

「久方ぶりの戦闘の相手にしては強敵だが、暖機は終わっている。支障はない」

ハウルゼンの鎧の背中の一部が開き、僅かに覗く内部から青い水晶を思わせる突起物が六つ迫り出した。

鎧内部の唸り声にも似た音がさらに激しくなるや、青い水晶から同じ色の無数の光線が蜘蛛《くも》の巣のように周囲へと発射された。それらは空中で幾度も折れ曲がりながら、炎の海月達へと次々突き刺さる。

青い糸で織られた蜘蛛の巣に絡め取られた炎の海月達という奇怪な光景は、次の瞬間にはザンダルザの投じた第二手によって呆気なく引き裂かれた。

「魔力を伴わぬ攻撃となれば、科学の方か。今時は珍しいが、遺産ならばおかしくはないわな！」

先程遊びとして放った魔力の槍など比較にならぬ高密度の魔力が複雑に編み込まれ、明確な意図を持って設計された高度な魔力攻撃が形を成す。

山をも崩しそうなほど巨大な魔力の『棍《こん》』が、ザンダルザの左三本の腕に支えられて、恐るべき速さで振るわれた。

一振りで大気とそこに満ちる魔力をかき乱し、落陽の光も砕かんばかりの一撃に、青い光の乱舞も炎の海月も呆気なく砕かれて消える。

その勢いのまま自分を砕こうとする巨大な魔力棍を前に、ハウルゼンはマントを大きく払って右腕を振り上げた。

右腕にいくつもの白い光の線が走ると、赤い甲冑がその線に沿って分解されて空中に浮かび上がる。そしてそれらは瞬く間もなく回転すると、物理法則を無視するかのように巨大化して、再び右腕を構築し直す。

魔法の中には使用者を巨人化させるものがあるが、ハウルゼンのそれは、魔法とは異なる技術によって行われた『武装』の換装であった。

「バニッシュパイル‼」

巨大化した右腕の名前と共に、ハウルゼンの何倍もの大きさの拳が魔力棍と正面から激突する。

その余波は夕闇の空にかかる雲を吹き飛ばし、地面が津波のように揺れる衝撃をもたらした。

罅《ひび》が入り、無残にも砕かれる魔力棍の光を赤い顔に浴びながら、ザンダルザは嬉々として笑う。

「これは珍味にして妙味よ。先日のチビ共といい、この国は本当に愉快痛快、楽しい場所だわい！」

そうのたまうザンダルザの前で、ハウルゼンの左腕は無数の銃身を束ねた回転式連発銃へと変わる。背中には左右に三つの砲身がずらりと並んで、ハリネズミの如き武装へと変わっていた。

「排除対象の推定戦力暫定算出終了。選択武装を更新。地形を変えぬ程度に貴公を排除するとしよう」

ハウルゼンとザンダルザの戦いは、徐々に熱を帯びはじめていた。

†

そして、ヴァスタージ丘陵にて。

帝都上空でロマル帝国十二翼将ハウルゼンと魔王軍魔六将ザンダルザ達が、夜空の一画を激しい閃光《せんこう》と爆炎で彩るよりも半日近く前にまで時間は遡《さかのぼ》る。

アステリア一行は慰問の予定をつつがなく終えて、第八軍団の健闘を祈りながら帰還の途《と》に就く予定であった。

その予定が変わったのは、前日の夕刻、偵察兵達が魔王軍に動きありと報告した為である。ここ数日は息を潜めていた魔王軍が、再び大攻勢に出る動きを見せた以上、アステリアは安全の為にも早急に帰還しなければならない。

魔王軍がアステリアの来訪を知っていた可能性から、内通者の存在に至るまで、様々な臆測《おくそく》が軍団の上層部で流れた。

飛行戦艦ラスロマルと随伴艦に飛竜騎士団まで来訪しているのだから、ロマル帝国でも上位の人物がこのヴァスタージ丘陵に来ている事は明白。

しかしいくら飛行艦隊と竜騎士団が来ているといえども、来訪中の人物がアステリアだと断定して魔王軍が動いたとは考えにくく、内通者の線はないと彼らは判断した。

帰還途上での襲撃の可能性も低い事から、ラスロマルはいつでも出立出来るよう手配が進められている。しかし、第八軍団の上層部の心の内に生じたある欲が、待ったをかけようとした。

これまで魔王軍の侵攻をかろうじてこの地で留めるのに成功していた彼らが、帝国の次代の支配者であるアステリアの前で武功を上げたいと、大なり小なり考えたのだ。

主君の前で武功を上げて目に留まろうと考える事自体は、批難されるほどではあるまい。

しかし主君の安全よりも自分達の武功を優先し、欲に目をくらませた進言をしてしまったなら、それは擁護の言葉もない。

そして曲がりなりにも一つの軍団を預かるマグヌスルフ侯爵らは、臣下としてあるまじき不埒な考えを抱いた自分を恥じた。

アステリアに留まってもらい、戦勝を捧げたいという言葉を、あくまで胸の内にのみ留めようとした。

彼らの胸の内を透かし見て背を押したのは、誰あろう他ならぬアステリアである。

自ら戦場に留まり、命懸けで戦う帝国臣民の勇姿をこの目に焼きつけたい。皇女である自分がこの場に残れば、諸兵の士気を上げられる。

アステリアはそう告げて、制止するマグヌスルフやカイルスらの意見を振りきって、残留を決定したのだ。

心のどこかで望んでいた言葉を主君が口にしてくれた事で、マグヌスルフ達は我が意を得たりと喜び、嬉々として兵士達に指示を飛ばすべく、急いで動き出した。


——そして戦闘が始まった頃、アステリアの姿は座乗艦ラスロマル内部の居室にあった。室内にはアステリア、カイルス、アムリアとグヴェンダン一行と、事情を知っている侍従以外に姿はない。防諜に対する万全の備えは言うまでもないだろう。

アステリアは形ばかりの笑みを浮かべながら、自分が残ると告げた時のマグヌスルフ達の様子を思い出して感想を口にした。

「皆さん、私がそう言うのなら仕方ないと、嬉しそうな顔をしていましたね」

普段の豪奢なドレス姿から、万が一を考えて、動きやすさを考慮したズボン姿のアステリアに、別人に見える幻術をかけたままのアムリアが呆れを隠さない視線を向ける。

「そのように誘導なさった方の言葉にしては、ずいぶんと楽しげですね。不謹慎《ふきんしん》です。不謹慎」

「あらあら、アムリアに叱られてしまいました。それにしてもアムリア、嘘はいけませんよ。私が楽しげですって？　楽しいなどと欠片も感じていないと分かっているでしょうに。ええ、考えた通りの流れになってはいますけれど、私は楽しみなど感じていません。誰かの考えや行動を私の思い通りに動かすのは、あまりに簡単すぎて、驚きも何もありませんから、楽しくありませんよ。というよりも、これまで一度として楽しいと感じた事などありません」

「分かっています。どうにか姉上に一言申し上げられないものかと、いささか卑怯な真似をいたしました。ご無礼をお許しください」

「ええ、許します。私と貴方の仲ですから」

残念ながらこの二人の会話を、生き別れになった姉妹が離れた距離を埋めようとしている不器用なやり取りだと微笑ましく思う者は、この場にはいなかった。

アムリアはまだしも、アステリアにそのような血の通った考えは欠片もないと、全員が知り尽くしているからだ。

ただ、アムリアは最近になって——時と場所を選んだ上ではあるが——アステリアに遠慮のない言葉を口にするようになってきている。

だから、こういった姉妹のやり取りにまったく意味がないわけでもないのだろう、多分——と、グヴェンダン達は考えている。

姉妹のやり取りに口を挟んだのは、護衛の女騎士に扮した八千代である。

「ご無礼、前線から離れているとはいえ、戦場に身を置く決断をなされたのに、兵士達の士気を高めるのと将軍達の忠誠心を高める以外に、何か狙いがおありでありましょうか？　貴き御身《おんみ》の考えは、あまりにも巡りが速く、某には到底理解が追い付きませぬ。恐れながら、愚《おろ》かな某にお教えいただけませぬでしょうか」

八千代は犬人の特徴である犬耳と尻尾を幻術で隠し、顔立ちもロマル民族風に見えている。これは風香も同じだ。

着込んでいるミスリルの軽鎧と腰の長剣は借り物だが、八千代が家から持ち出した刀や胴丸《どうまる》よりも数段質は上だった。彼女としては、どうにかしてこのまま貰えないかな、などとと考えていたりする。

さて、グヴェンダンの加減を忘れた訓練を受けて以来、一度地獄を見た経験から、八千代と風香には一種の凄みが備わっていた。達人と呼ばれる人々の持つ佇《たたず》まいが感じられるようになっている。だからこそ、八千代がアムリア達の会話に問いを挟んだのは、これまでのような怖いもの知らずの天然さからではなかった。カイルスからどんな視線を向けられようと、確認しなければならないと、覚悟を決めた上での発言なのだ。

そして〝カイルスから視線を向けられる〟という点からも、八千代の成長が見て取れる。

これまでカイルスにとって八千代と風香は生まれたての子犬と子狐程度の扱いであったが、今は一挙手一投足《いっきょしゅいっとうそく》に注意を払われているのだから。

「うふふ、お犬さん、もっとはっきりと問いかけてくださってもよろしいのよ？　わざわざ戦場に残ったのは、あえて襲撃させて、私とアムリアを入れ替えようとしているのでは、と危惧しているのでしょう？」

八千代と風香の危惧しているのは、まさにこの通りであった。

この場でわざと敵襲を受けて、その混乱に乗じてアムリアとの入れ替わりを実行するのではないか？

この入れ替わりの時期については未だアステリアから伝えられてはおらず、アムリアも正確には読み切れていない為、最も気掛かりなものとなっていた。

「確かに、戦闘の混乱に紛れれば入れ替わりはしやすいでしょうけれど、ここではあまりに場が相応しくありません。それに、状況もまだまだ整ってはいません。叔父様も、反乱を起こされた方々もまだまだ健在ですし、アムリアに任せる時はもっと状況を整理しておきますわ」

「この場で嘘を言われる御方ではございませぬな。お答えくださり、感謝いたします」

アステリアの答えを聞き、八千代は素直に頭を下げた。

「いいえ、疑わしい事は遠慮なさらずにお尋ねになって。ええ、私はアムリアの敵のつもりはないのですけれど、それは私からすればの話。私よりも長くこの子の傍にいた貴方達からしてみれば、許せない所業もきっとあるでしょうから」

それは今後、自分がそういう所業に及ぶと宣言したのも同然の言葉で、八千代と風香はだから信用出来ないのだ、と苦虫を噛み潰した顔になる。

リネット達メイド三姉妹はそこまで気に留める様子はなく、兜で顔を隠しているグヴェンダンは、沈黙と共に面頬の奥の瞳で観察を続けている。

「さて、カイルス。そろそろ軍団長達のところへ、手筈通りに」

「はい。では、妹君、客人がた、これにて失礼」

アステリアが声をかけると、カイルスが席を立った。

前線を押し上げた魔王軍――ガリリウス配下のゴブリン軍との戦闘は既に発生しており、砲火と刀槍を交わし合って、相当数の死傷者が発生している。

アステリアの残留に伴い、カイルス配下の竜騎士達もまた、第八軍団とは独立した指揮系統の下、ゴブリン軍を相手に制空権を手中に収めるべく戦闘中だ。

ロマル帝国最強の竜騎士であるカイルスの出陣に関しては、アステリアの護衛という、何をおいても優先されるべき役目がある。

しかし、そのアステリアが出陣を命じれば、話は別だ。

カイルスが席を外したのは、出陣する前の下準備と、配下達への命令の他、第八軍団の司令部に顔を出して、アステリアの指示を自分からの進言と偽って伝える為だ。

アムリアは、カイルスが司令部で何をするのかを察して、義兄《あに》と呼ぶ未来があったかもしれない男の背を視線で少しだけ追った。

「姉上の言葉として伝えるよりも、十二翼将であるカイルス様からの言葉とすれば、将軍の皆様も受け入れやすいでしょう。それでも横槍には変わりありませんから、マグヌスルフ侯爵達からすれば、愉快な話ではありませんね」

「ええ、そういう事です。私は軍事の専門家ではありませんが、計算を重ねれば推測は出来ます。今のところ、九割九分は当たっているのですよ」

アムリアとアステリアの会話の流れが今一つ読み切れず、風香はこっそりとメイド姿のガンデウスに話しかける。

「つまり、どういう事でござる？」

生きた時間では風香よりも遥かに短いガンデウスだが、察しの良さと頭の回転の速さに関しては風香を大分上回る。

「つまり、アステリア様が間接的に軍勢の指揮に介入されるのでしょう。しかし、指示を直接伝えては第八軍団の面子が潰れてしまいますし、心情的にも受け入れられません。それを考慮して、アステリア様本人ではなく、歴戦の勇士にして、次代皇帝の夫となるだろうカイルス様が助言する形にすれば、まだ受け入れやすいという話ですね」

「なるほど～」

ようやく納得した風香は、ふんふんと幻術で隠した尻尾をゆっくりと揺らす。ガンデウスは冷厳《れいげん》な表情を維持したまま、幻術越しに風香の尻尾を瞳で追う。

ガンデウスとしては、風香や八千代と一夜くらいは仲良く過ごしたいものだと常日頃思っていたりする。

しかしその邪な感情が漏れ出たのか、左隣に控えていたキルリンネに誰にも見えないところで尻を抓《つね》られてしまった。

以前は叩かれたり、抓られたりするのを気持ちよく感じていたガンデウスだが、最近ではキルリンネが痛みだけを与える力加減を覚えていた。その為、ただ痛いだけでまったく面白くなくなっている。

——キルリンネ、もっと痛くしてもよいのですよ？

——おい、いい加減にしろ。

視線と視線で意思を交わし合う姉妹だったが、キルリンネの方は普段の緩い雰囲気はどこへやら。視線に込められた意識は極めて真剣だった。これにはさすがのガンデウスも反省の色を見せて、どことなくしょんぼりとした雰囲気で視線を伏せる。

姉妹間の力関係が徐々に固まりつつある昨今だった。

†

夜明け前から動き出した魔王軍を相手に、ロマル帝国第八軍団の兵士達はこれまで以上の善戦を見せていた。

彼らからしてみれば、聡明にして偉大なる次代のロマル皇帝アステリアが、自分達の勇姿を見届けようと危険を冒してまでこの地に残ったのだ。それに、慰問の際に見せた皇女の慈愛に満ち溢れた姿が彼らの胸を打って、その士気をこれ以上なく高めている。

また、これまで第八軍団は装備と種としての身体能力の差から、どうしても戦場の主導権を握られていた。大砲一つを取っても射程、砲撃速度、威力とどれも魔王軍のものに劣っているなど、どうしても苦戦を強いられてきたのだが、今日に限っては違っていた。まるで魔王軍の行動の全てが予め分かっているかのように、下される指示の全てが恐ろしいほど上手く嵌っている。

指示を出された直後は意図不明なものも、戦場で時間が経過するにつれて悪手が妙手であったと分かる状況が出来上がる。お蔭で第八軍団は、攻め寄せる魔王軍をことごとく撃退する戦果をあげていた。

一夜で組み上げられるように用意された簡易砦を用いた司令部の中で、マグヌスルフをはじめとした軍団上層部の顔色は明るかった。

今日は〝アステリア（カイルス）の助力と進言を受け入れている〟事もあって、こちらが優勢と分かる報告ばかりが届いているのだ。

「よし、よし。これならば魔王軍のゴブリン共とて前線を突破は出来まい」

マグヌスルフ達としては、いかに十二翼将といえども、カイルスからの進言を聞き入れるのには若干の抵抗があったのは否めない。

また、進言の中には〝一時間後にこの位置に砲撃を〟というものや〝二十分後にこの部隊を南西方面へ移動させた方がよい〟など、意味が分からない内容が含まれていた。しかしそれも、敵部隊の移動に合わせて最適な砲撃を加えられる位置への移動だったり、敵の迂回を阻止するものであったりと、大きな結果へと繋がるものばかりだった。

まるで未来を見通しているかのような采配《さいはい》ぶりに、マグヌスルフは年若い竜騎士へ偽りのない畏敬の念を抱くまでになっている。

「カイルス殿の竜騎士団ばかりでなく、ご助言には、大いに助けていただく形になりましたな。魔王軍の者共も、今日の我らは一味違うと大いに慌てふためいているでしょう」

「おれの言葉など、大したものではない。今日に至るまで暗黒の荒野の化け物共を相手に、命懸けの献身をなさってきた貴殿らの存在あればこそ。この度の戦いぶりには皇女殿下もお喜びになるだろう」

「おお！　カイルス殿にそのように言っていただけるのなら、このマグヌスルフのみならず、ロマル帝国第八軍団全将兵にとって何よりのお褒めの言葉となりましょう」

心底嬉しそうなマグヌスルフや司令部内の将兵達の笑顔は、実直なカイルスにとっては居心地の悪さを感じずにはいられないものだった。

第八軍団の奮戦をアステリアが喜ぶのは表面上だけだと知り尽くしているし、その一方で双子の妹君の方はこの戦いで傷つく兵士達を想って悲しむのも間違いない。ともすれば敵方のゴブリン達の死に対しても、悼《いた》むかもしれない。

カイルスのアステリアに対する愛情に偽りはないが、それにしても同じ母親からほぼ同時に産まれた姉妹にしては性格が違いすぎやしないだろうかと、ついつい思ってしまう。

(しかし、アムリア殿もアステリアの意図や行動をほぼ正確にいい当てられるようになっている。そろそろ見極めが終わる頃合いになる。アムリア殿にとって最も苦しくなるのは、これからだ)

ことアステリアの心情を読み取る事にかけては、アムリアよりもカイルスに一日《いちじつ》の長がある。彼の見立て通りに、アステリアからアムリアへの試験期間は終わりに近い段階に到っている。

次は皇帝の座へと据える為の舞台を整える段階だ。ライノスアート大公派の帝国軍を叩き潰し、南部の反乱諸勢力を壊滅させ、アムリアを皇帝とした新生ロマル帝国を作り上げなければならない。アステリアがアムリアに負債ばかりを押し付けるのではないかと、八千代やガンデウス達が危惧しているのを、カイルスは理解している。

だが、それはないとカイルスは断言出来る。嘘を吐《つ》くのを躊躇しないアステリアだが、アムリアに入れ替わりを提案する際に、皇帝としてやっていけるように下準備をすると告げた言葉に嘘はない。

「マグヌスルフ殿」

「おお、なんですかな、カイルス殿」

「そろそろおれも相棒と共に空へ出ようかと。制空権を確保するのにもう一押し必要でしょう。皇女殿下より許しは得ているので、その点はご安心を」

「それは心強い！　名高きロマル帝国十二翼将のお力添えがあれば、前線の兵達の士気はますます高まりましょう。何より、空の主導権をこちらで握る事が叶えば、戦闘そのものをより優位に運べる」

「その通りです。その代わり、皇女殿下の警備は何を置いても万全にお願いする」

公的には、カイルスはアステリアの最強の護衛である。そのカイルスが皇女の傍を離れる以上、彼の代わりを務められるだけの戦力を用意しなくてはならないのが道理だろう。

力の籠ったカイルスの言葉に、現状で抽出出来る戦力を頭の中で考えながら、マグヌスルフは力強く頷き返した。

アステリアに皇帝の座に就いてもらわない事には、自分をはじめ皇女派についた者達は反乱に加担した者として最悪極刑に処されるかもしれないのだ。

本当の勝利の美酒を味わうまで、アステリアに死なれては困るのは、マグヌスルフも同様だった。

だが、カイルスが相棒の竜と共に空へ飛び立ってさほど時間の経たぬうちに、マグヌスルフらの顔色は蒼白《そうはく》へと変わる。

万全の警備を求められたアステリア皇女が、少数のゴブリン達による襲撃を受けたとの知らせが届いたからだ。

†

アステリアが座するラスロマルの周囲は、マグヌスルフ達が手配するまでもなく、元々同伴していた兵士と騎士達が蟻《あり》の通る隙間もないような警備をしている。

アステリアの護衛を務めている以上、彼女の下についた者達の中では最高位の実力者達である。

そんな彼らの内の一人は、艦から出てきた侍女の姿を見てかすかに眉をひそめた。

短く刈り上げた金髪と端整な顔立ちと恵まれた体格を持つその近衛騎士の視線の先には、侍女を装ったガンデウスの姿がある。

慰問に際して急遽《きゅうきょ》、ラスロマルの搭乗員に加えられた一行の一人であるガンデウスを、その正体と事情を知らない事もあり、彼は良い目で見ていなかった。

何かしらの事情があるのは察せられるし、自分がそれを教えられる立場にないのも理解している。

しかし、大公派との抗争が激しい昨今に、見知らぬ顔が皇女の傍に増えれば、良い顔が出来るわけもない。

まだまだ血気盛んな彼のみならず、近衛の騎士や兵士達の若い世代には彼同様の考えを持つ者が少なからずいる。

ロマル帝国式メイド教育を詰め込まれた成果で、音一つなく草を踏んで歩くガンデウスに、彼は声をかけた。侍女一人で艦の外に出る用事などあるのだろうかと、訝《いぶか》しい思いを抱いているのは事実だ。

ラスロマルは非常時には帝国からの脱出艦としての用途も想定されており、内部には長期間滞在する為の各種の設備と大量の備蓄がある。大抵の事は艦内で済むはずだ。

「そこの侍女よ、いかなる用件で外に出たのかな？」

怪しい相手ではあるが、まだ敵対者と判明したわけでもなく、近衛騎士の声音は鉄の棒を綿で包んだようなものだった。場合によってはすぐさま綿を取り外し、鉄の棒で打ちすえる心構えは整っている。

対するガンデウスは能面めいた表情をそのままに近衛騎士を振り返り、すっと右手を上げた。これまで使用してきたボウガンとは異なり、取っ手のついた黒光りする筒状の物体——天人の遺産である大口径の光線小銃を握る右手を。

近衛騎士が咄嗟に左腰のミスリルの長剣に手を伸ばすのと同時に、ガンデウスの人差し指が動き、引き金を引いた。

小銃から放たれた緑色の光線が、彼の背後の何もないはずの空間に命中し、無数の粒子へと変わる。

思わず振り返る近衛騎士の視線の先で、それまで代り映えのなかった丘陵の光景の一画が蜃気楼《しんきろう》のように揺らぐや、二十名ほどの武装した集団が姿を見せた。

鈍く輝く銀の甲冑を纏う彼らは、一般的に知られるゴブリンとは大きくかけ離れた姿をしていた。成人男性よりも頭三つは大きな巨躯を灰色の肌で覆い、固く結ばれた唇からは太く鋭い牙が覗いている。

ハイゴブリンよりもさらに上位の古《エンシェント》ゴブリンに連なる、ゴブリン種の精鋭中の精鋭達だ。追い詰められた状況を打破する為の乾坤《けんこん》一擲《いってき》の策ならばともかく、たったこれだけの数でアステリアの膝元にまで迫ってきた事実からも、彼らの実力のほどが窺い知れる。

隠蔽を暴かれた以上は抑える必要はないと、ゴブリン達から周囲へと圧倒的な重圧と戦意が嵐の如く放たれる。

目には見えないそれに打たれた近衛騎士は、顔色を蒼白に変えながらも長剣を抜いた。歴戦の戦士でも戦意を喪失しかねない状況で、体がそれだけ動いたのは称賛に値する。

「天人のような技術とも既存の魔法とも異なる隠蔽技術。神代の残り香とでも言うべき技術ですね」

ガンデウスが淡々と言葉を紡いだ直後——ラスロマルの甲板上で轟音が響き渡り、甲板の外へと叩き出されたゴブリン達の影が宙を舞う。

しかしその影達は、驚くべき事に空中で体勢を立て直し、そのまま二本の足で降り立った。

ガンデウスは艦の外で迎え撃ったが、甲板上での迎撃はキルリンネとリネットが担当している。

姿と気配、音までも消して接近していたゴブリン部隊は、ガンデウスの目の前の者達以外にもいたらしい。

にわかに警護の騎士達が慌ただしさを増す中、ガンデウスは焦燥《しょうそう》の色一つ浮かべないゴブリン達に氷の眼差しを向け、感情の抜け切った声音を発する。

「敵群の霊格を高次存在眷属級と認定。武装選択基準を有人惑星内部における高次存在眷属との交戦状況に設定変更。武装選択……終了。実装開始」

ガンデウスという個人の有する感情を全て取り払い、人造物の機能としてただ音を発している。

現在、ガンデウスとキルリンネの指揮権を保有するグヴェンダンの許可を得て、彼女達には普段使用を禁じられている遺失技術による武装が解禁されている。

眼前のゴブリン達は純粋な古《エンシェント》ゴブリンのガリリウスほどではないが、ガンデウスの素体としての能力では、現行技術で作られた装備で渡り合える敵ではない。

その為に、彼女は躊躇なく平時は秘匿している武装の使用を決断した。

影の中の亜空間に収納されている武装が現実空間へと転移し、ガンデウスの全身を閃光が彩る。武装を展開する刹那《せつな》の時間を守る為の目くらましを兼ねた光の障壁だ。

発光が止んだ後、ガンデウスの四肢は白と青を組み合わせた装甲に覆われて、首から腹部までも同様の装甲に守られている。頭部には目元を覆う半透明の額当てのある額冠のような装甲がある。

背中には皮膜のない骨格だけの翼を思わせる部品が二対四枚あるなど、東の小国高羅斗《こらと》の天恵姫《てんけいき》を思わせる武装だ。

この瞬間、ガンデウスだけでなくキルリンネも同様に武装を展開し、リネットもまた二人の装備の予備を借り受けていた。

「害虫駆除のお時間です」

ガンデウスの声には隠しきれぬ喜悦《きえつ》が滲んでいた。

†

ガリリウスは今でも覚えている。

大魔界にいた時代、軍神サグラバースに仕える戦士として他の邪神や天界の神々と繰り広げた戦いの日々を。戦いの高揚《こうよう》を、恐怖を、歓喜を、苦痛を。

その全てが、彼にとっては血肉の一部と化した分かち難い記憶であり、そして未練だった。

戦《いくさ》の日々に疲れた一部の眷属達に従い、彼らと共に地上に出た事を悔いてはいない。

もし過去に戻って同じ決断を迫られたとしても、やはり地上に出る道を選ぶだろう。ガリリウスにとってかけがえのない戦友や、未来を見たいと願った若者達がいる限りは。

だから後悔はないのだ。

ガリリウスはこれまで何度も、自分に言い聞かせるように自問自答を繰り返してきた。それでも、どうしても認めなければならぬものもある。

自分はかつての戦場に未練を抱いていると。

「その未練を振り切れるかもしれないと期待するのは、我ながら未練がましいと言わざるを得ん」

神々の戦を知る者として、ムンドゥス・カーヌスに属する全ての者から畏敬の念を抱かれる古《エンシェント》ゴブリンは、これまで誰にも見せた事のない自嘲めいた含み笑いを浮かべる。

彼は目の前に立つ白銀の全身鎧と兜姿の男に視線と意識の全てを向けていた。

いや、吸い寄せられていたと言わなければなるまい。

ガリリウスと対峙する鎧姿の男――グヴェンダンは、アステリアとアムリアのいる部屋の扉の前に守護神像の如く立っていた。彼は、警備の騎士や魔法使い達の目をかいくぐってここまでやってきたガリリウスに称賛の言葉を贈った。

「よくここまで来た。君達の実力が私の知る通りであるのなら、なんらおかしな話ではないが、ここまで静かにやってくるとは、いささかならず意外であったよ」

言外にお前達の実力なら姿を隠さずとも、堂々と正面から殴り込んでくる選択肢もあっただろうと匂わすグヴェンダンに、ガリリウスは自嘲の笑みを消して応える。

「暗殺者が騒ぎ立てては本末転倒であろう？　ならば静寂《せいじゃく》を選んで行動するのは当然。それこそ、雪を踏んでも、枯れ枝を踏んでも音を立てぬように、慎重に」

ガリリウスの手には濃密な神気と魔力を纏う黄金の短槍が握られ、五体は血管のような模様で覆われた青黒い軽装の鎧で守られている。左手の短槍も左右の腰に佩《は》いた幅の広い刀身の短剣も、今

は使う素振りを見せない。

「ふむ、暗殺が狙いという割には、君らの意識が部屋の中の者達へ向けられているようには感じられんぞ。そちらの女性はともかくとしてな」

ラスロマル艦内に潜入し、易々とアステリアの居室に辿りついたのはガリリウスだけでなかった。

彼の副官かそれに相当する実力者らしいゴブリンが傍らにいる。

灰色の肌と少しだけ尖った耳を除けば、二十代後半の女性とそう変わらぬ容姿のその女性ゴブリンは、二人の会話の間に手の中に忍ばせた短刀を閃かせる隙を窺っている。

だが、グヴェンダンに隙を見出せなかったのと、上司がどうも楽しげな様子だったので、今の今まで手を出せずにいた。

「まあ、いずれにせよ、君らをここから先に通すわけにはいかんし、無傷で帰すわけにもいかんという話だ。ここでやりあっては、艦にどんな被害が出るか分からないし、何より窮屈だ。君の名前は……ガリリウスでよかったかな？」

「ああ。貴殿は？」

「ふむ、グヴェンダンと覚えておいてもらおう。ではガリリウス、ここは一つ、空の下で勝負といかないかね？　君らに遅れてやってきたお仲間は、私の仲間達がちょうど歓迎している頃合いだ。君もまとめて歓迎してしんぜよう」

「まるで自信の塊だな。だが……うむ、ロマルの契約者達よりも、貴殿一人の方が遥かに〝正解〟

であるようだ」

「契約者か。気になる単語だが、こういう時にどういう意味合いを持つかは大体決まっているし、君に問わずともよかろう。しかし、こちらだけでなく、ライノスアート大公の方も君らからのちょっかいを受けているというのなら、多少なりとも留飲は下がる」

「余計な事を口にしてしまったが、吾《われ》はどうやら浮かれているようだ。グリリム、吾はこのドラゴニアンと戦わねばならん。この場はお前に委ねよう」

上司の急な路線変更にも、グリリムは動揺を見せなかった。

そもそも飛行戦艦に乗ってやってきた要人暗殺を目的とした作戦そのものが、ガリリウスの気質から考えるに不自然だった。そして、目の前のドラゴニアンの底知れぬ威圧感を直に受けて、興味がこちらに移ったと考えても納得がいく。

それにガリリウスがグヴェンダンを相手取るのならば、厄介な護衛はいなくなる。室内にも護衛はいるかもしれないが、艦内の他の警備の者達が駆け付けるのにはまだ時間がかかるはずだ。

一応、要人暗殺という、本命ではなくなってしまった目的も果たせるだろう。

「承知いたしました。お館様《やかたさま》、良き戦いを」

よく通るグリリムの声を聞き届けてから、ガリリウスはくるりと踵《きびす》を返して艦の外へと繋がる方向へと動きはじめる。

何を思ってか、グヴェンダンも顔色一つ変えずにガリリウスに続き、あっさりと扉の前からどいてしまう。

その呆気なさに、グリリムは扉に何かしらの罠が残されているか、あるいは立っていた床に仕掛けがあるのではと疑い、注意深く観察する。

その種明かしは、通路の向こう側に消えつつあったガリリウスからされた。

「ああ、それとグリリムよ、お前の影に気を付けよ」

ガリリウスに指摘され、グヴェンダンが残念、と呟いた直後——ぬるりとグリリムの影の中から銀色の閃光が迸《ほとばし》り、彼女の下腹部へと伸びた。

彼女はそれを手の平に隠していた短刀で受け止めて、後方に飛び退くと、足の指の握力で廊下の壁に張り付くという離《はな》れ業《わざ》をやってのける。

黄玉《おうぎょく》の視線は先程まで自分が立っていた床へと向けられるが——何もない。

次いで再び自身の影に視線を移せば、先程の銀色の閃光の正体である刀を握る手が影から飛び出ているではないか。

「影に潜む魔道の類か」

いつ自分の影に忍びこんだのか。

いずれにせよ、グリリムにとっては恥辱に変わりない。

刀を握る手を切り飛ばすべく、彼女は左手で虚空から愛用の肉切り包丁めいた武器を抜き放つ。

武通切《ぶつぎり》と名付けたその武器をグリリムが叩きつければ、ミスリルやアダマンタイトの巨大な塊であろうと、砂を散らすかのように木っ端微塵になる。

切断よりも粉砕の用途を持つ武通切の一撃をどう感知したのか、刀を握る手は大慌てで引っ込もうとするが、それよりも分厚い刃が腕を断つ方が早い。

——腕一つ、まずは獲った！

成果を冷静に見極めたグリリムの思考を、ぐにゃりと形を変えた影から発せられた声が遮った。

それまでグリリムと同じ形だったはずの影は、三角形の耳を生やした狐人の影へと変わっているではないか。

「【火遁《かとん》・火岸花《ひがんばな》】の術！」

魔力とは異なる生体エネルギー『気』の脈動が狐人の影から発せられるのと同時に、グリリムの視界に、彼岸花の如く広がる赤い炎が広がった。

武通切の軌道を強引に変えて、こちらを包み込まんとする炎に叩きつける。

武通切に宿る魔力とグリリムの魔力が合わさった事で、彼岸花は無残にも砕かれて無数の火の粉へと変わる。

赤々と周囲を照らし出す火の粉の中を、グリリムは壁を蹴ってその場から離れる。再び自身の影に目を向ければ、今度こそ元の形に戻った影から気配は感じなかった。

その代わりに——

「ひええ、あとちょっとで腕を斬り飛ばされるところでござったよ～」

「【影遁《えいとん》・影潜《かげもぐ》り】の術の奇襲を避けられるとは、これまた手強《てごわ》い相手でござるぞ、八の字」

あわわ、と情けない声を漏らしながら、切断されかけた自分の右腕をしきりにさする八千代と、油断なく小太刀と手裏剣を構える風香の姿があった。

この状況でも人間に見える幻術は維持されているが、支給されたロマル帝国上級騎士用の鎧は、それぞれ動きやすいように所々外されている。

「うむ、おフウに言われるまでもなく分かっておるとも。グヴェンダン殿の影からあちらの影に渡った時には、これはもう奇襲成功と確信したが、それが慢心に繋がったのでござるかね？」

「というよりも、あのグリリムという、ゴブリンに見えないゴブリン殿の実力が優れていただけでは？」

微妙に気の抜けるやり取りをする八千代達を前に、要人の暗殺は楽ではないと認識を改めたグリリムは、楽しげに笑う。

――戦う力を持たない貴族あたりを殺《あや》めるだけのつまらない任務になるかと思ったが、自分が負けるかもしれない相手との戦いがあるとは、なんと嬉しい誤算である事か。

「あ、あ～、ああいう笑みを浮かべる手合いは面倒でござるぞ、おフウ。楽しみながら戦うから、しつっこいと、相場が決まっているもの」

「ござるなあ、八の字。仕方ない。時間稼ぎに集中して、死なないように頑張り申そう」

それがいい、そうしよう、と二人は即決即断した。

実力は大いに上昇した二人だが、だからといって別に命懸けの戦いが楽しいわけではない。

まずは命あっての物種だ。アムリアの為になら命を賭す覚悟と決意はあるとはいえ、賭けるまでもなく彼女を守れるのに越した事はないのだから。

†

まるで気の合う友人が久しぶりに再会したかのように、グヴェンダンとガリリウスは殺伐《さつばつ》など欠片も存在しない雰囲気のまま、艦内の通路を歩き続けていた。

既にラスロマル周囲に少数のゴブリンが接近し、交戦状態に入っている事は、艦内放送でも伝達されている。通路のあちこちを警備の兵士や騎士達が慌ただしく走り回り、最悪の場合に備えてラスロマルはいつでも飛び立てるよう準備を進めている。

ほどなくして、ガリリウスとグヴェンダンはラスロマルの甲板へと辿りついた。

そこでは、甲板からの侵入を目論んだゴブリン達と、リネット、キルリンネが戦闘を開始していた。

ロマル帝国の騎士達はその余波に巻き込まれるのを避けて、遠巻きに見守っている。

ラスロマルに損害を与えるわけにはいかないので、リネットとキルリンネは射撃兵装を使用せず、巨大なメイスとグレートソードを手にゴブリンの精鋭部隊と渡り合っていた。

さながら鋼鉄の天使の如き武装姿の両者の周囲には、一般的なゴブリン離れした姿の猛者達が十重《と》二十重《えはたえ》と輪を作り、常人では視認すら出来ない速さで刃の応酬《おうしゅう》がなされている。

ロマル帝国の騎士や兵士達が介入出来ないのも無理はない。

甲板の上を縦横無尽に疾走し、またあるいは飛翔するリネットとゴブリン達の速度は、風の精霊もかくやの域に到達している。

そして彼女らの振るう刃の一撃は、大型魔獣ですら絶命しかねない恐るべき殺傷力を帯びていた。

甲板上という限られた範囲に突如発生した竜巻めいた戦闘領域に足を踏み入れたとしても、騎士達は巻き添えを食って絶命するだけだ。

その戦闘に介入可能な例外のうちの一人であるグヴェンダンが、ガリリウスへと口を開いた。

「ふむ、君のところの部下達はかなりの手練《てだれ》だな。日ごろの訓練の過酷さはもとより、魂の方まで研ぎ澄ます精神修養まで日常的に行っている軍隊は、今時、そうはない」

「ならばその手練を相手にたった二人で立ち回りを演じているあの娘らはどう評価すべきだろうな。ロマルの者達とは毛色が違う上に、あの装備は天人の遺失技術のもの。貴殿の手の者と考えるが？」

「さて、天人の遺失技術ならば、ロマル帝国が扱えてもおかしくはあるまい？」

「その通りではあるが、ロマル帝国に継承された技術とあれらは、年代が異なる。それに、ああいった技術は守護者の側に属する。アステリア皇女側についた契約者達のソレとは異なる」

『契約者』そして『守護者』。

初代皇帝の時代から存在し、帝国の真の支配者と噂されるハウルゼン、人間として尋常ではない戦闘能力を有していた暗殺者ザナドと武闘家アスラム。

突如として台頭して諸種族と異民族を屈服させ、支配し、ロマル帝国を築き上げた初代ロマル皇帝。

これらの単語がグヴェンダンの脳裏を巡り、彼の古神竜としての経験と知識に照らし合わせれば、おのずと答えは出てくる。

「天人時代かそれ以前からの、生きた遺産と端末。契約の対価は肉体の改造か技術の恩恵、内容は契約者への従属といったところが相場だが、守護者と契約者が陣営を異にする例は少しだけ珍しいか」

グヴェンダンの言葉に何を思うところがあったのか、それともなかったのか。

ガリリウスは構わず足を踏み出してリネット達の戦場へと――危険地帯である事にまるで気が付いていないかのような無防備さで、足を踏み入れる。

直後、閃いたのは眩い黄金の三日月。

空中に刻まれたソレが、ガリリウスの右手にある黄金の短槍が描いたものだと見抜いた者は、この場に五人もいない。

次いで生じた金属と金属の衝突音を連れて、グヴェンダンのもとへとリネットとキルリンネが吹き飛ばされてくる。

グヴェンダンの左右で膝を突いた二人の得物には罅が入り、ガリリウスの一閃《いっせん》がどれほどの威力を持っていたかを物語っていた。

「申し訳ありません。グヴェンダン様、情けない姿をお見せしてしまいました」

「ごめんなさぁい……」

悔しさを隠しきれない声を出すリネットと、蚊《か》の羽音のように小さな声を出すキルリンネに、グヴェンダンは常と変わらぬ穏やかな声で話しかけた。

「いや、今回ばかりは相手が悪い。二人の持つ最高の装備ならまだしも、この艦を傷つけず、また帝国の者達になるべく手札を晒さずに、という自主的な制約があっては、返り討ちもやむなしだ」

かえってその方が二人には辛いかもしれないが、グヴェンダンに彼女らを責めるという選択肢はない。

ガリリウスは甲板の中央で足を止めて、二言三言、周囲のゴブリン達に告げる。

すると、ゴブリン達はラスロマルの下で戦っている味方の援護に向かっていった。

既に彼らの目的は暗殺という表向きのものから、ガリリウスがグヴェンダンと戦うという極めて個人的なものへと変わっている。ガリリウスはそれが許される立場にあったし、魔王軍全体がそういう気質を有していた。

それに、グヴェンダンが護衛を影の中に潜んでいた二人だけに任せているわけもないと、ガリリウスが判断した為でもある。

事実、仮にグリリムや他のゴブリンが八千代達を殺傷するほど追い詰めるか、アムリア達のいる部屋に足を踏み入れた瞬間、即席で作製されたドラゴニアンが姿を見せるだろう。

「二人ともまだ動けるか？」

「機動装甲稼働率七割六分、戦闘行動継続に支障はありません」

「私もだいじょーぶです！　お姉ちゃんと一緒で、まだまだ戦えます！」

グヴェンダンに問われたリネットとキルリンネは、それぞれ破損した武器を長柄のハンマーとグレートアックスに持ち替えて、腕をブンブン振り回して戦闘可能だと主張する。

持っているものは物騒極まりないが、幼い子供のようなその仕草は、グヴェンダンに微笑を浮かばせた。

「その様子ならば大丈夫だな。では、急ぎあの子と合流して、ゴブリン達の撃退に当たってくれ。あちらの首魁《しゅかい》の相手は、私でないと務まりそうにない」

「了解いたしました。合流次第、敵性勢力の排除に取りかかります。祈る必要はないのでしょうけれど、どうかご武運を……」

「直接見ていただけないのは残念ですけれどぉ、今度は格好の悪い事にはならないように頑張ります！」

リネットとキルリンネの背から伸びる飛行用の翼から緑色の光の粒子が放出され、二人は可憐な風の妖精さながらに空を飛び、先んじたゴブリン達の後を追う。

ラスロマルの周囲では火薬式の銃声とは異なる甲高い音が連続しているが、これはガンデウスの撃つ光線小銃独特の発砲音だ。間もなくそこに、大質量を殴り飛ばす轟音が加わるだろう。

「てっきり、あの二人の邪魔をするかと思ったが、見送ったのは自分の部下への信頼が理由かな」

ロマル帝国の鎧兜を纏ったままのグヴェンダンの手に、虚空から取り出されたポールアクスが握られる。

彼が自らの肉体の一部と魔力で作り出した武器は、鍛冶の神が鍛造《たんぞう》した神器にも負けず劣らずの逸品だ。

「引《ひ》き際《ぎわ》に関しては、特に重点的に叩き込んである。生存を優先するよう伝えてある故、吾が何を言う必要もない。それに彼女らを邪魔する吾を、貴殿が邪魔するだろう？　ならばこの場に残っても変わりあるまいて」

「ふむ、察しの良い相手は面倒だ」

「つれない事を言う」

ガリリウスは楽しげに笑い、改めて黄金の短槍をくるりと一回転させた。

ただ煌びやかなだけではない。ただ荘厳なだけではない。ただ命を奪うだけの凶器ではない。その全てを兼ね備えた、美しくも恐ろしい、神聖でさえある武器だ。

「良い武器だ。魔界産のものか？　軍神からの報奨と見た」

するとガリリウスは、自慢の玩具を披露《ひろう》する子供のようにはにかみながら答える。

「名はガナギーヤ。まだ吾が大魔界にいた時分、戦功として賜りし槍。神々からすればさしたる品でもなかろうが、この地上では侮れぬ威力を持つぞ。もっとも、貴殿の持つ長柄斧を見るに、油断は出来ぬな」

「重畳《ちょうじょう》、重畳。信者の祈りによって下賜《かし》される神器とは異なる神器の持ち主に、そうまで評価されては、私も少しは自分に自信が持てる」

からからと気分良くグヴェンダンが兜の奥で笑った。

それが収まるのを待って、ガリリウスは周囲で固唾を呑んで見守っているロマル帝国の騎士達を見回す。

「さて、余計な観客はいらぬ。つまらん手出しをされては興醒《きょうざ》め故な」

ガリリウスが軽く黄金の短槍ガナギーヤの穂先を振るうと、月光を思わせる淡い光が明滅し、それを浴びた騎士や兵士達が次々と昏倒してゆく。

ガナギーヤそのものに込められた神の力を光に変換して放ったのだ。異常付与や魔法に対する耐性を向上させる装備で身を固めていた者達でさえ、魂を直接打ちのめす光には耐えられず、結果としてその場で昏倒という結果になる。

「舞台としてはこんなものだろうさ」

「ふむ」

応えるグヴェンダンの言葉は、いつもの口癖だった。

ガリリウスはこれ以上我慢する必要もないと、高揚を抑えきれぬ子供のように浮かれる気持ちをそのままに構えた。

魔王軍でもヤーハームをはじめとしたごく僅かな強者にしか見せない、本気の構えだ。

対するグヴェンダンに構えという構えはない。いつも通りの自然体。すぎたる緊張はなく、力みもない。圧倒的強者の持つ傲慢にも映る余裕があるのみ。

ソレを見て、ガリリウスは歓喜した。間違いない。軍神の眷属としての直感が告げていたのは、目の前のコレだと。

ガリリウスの足が甲板を踏み込んだ。グヴェンダンの足もまた甲板を踏み込み、同時に両者の足元が爆発する。あまりに力が強すぎて、木製とはいえ分厚い甲板が耐えきれずに爆散したのだ。

「つぁ‼」

ガリリウスの咽喉から迸る、まさに穂先の如く鋭い一声。

その声に先んじて――つまり音よりも速く、雷鳴にも似た黄金の光刃が岩壁に打ちつける波濤《はとう》となってグヴェンダンに襲い掛かる。

秒間数千にも及ぶガリリウスの単純極まる突きの連射だ。

その全てを、グヴェンダンはポールアクスで打ち合い、弾き返す離れ業をやってのける。

数千の超人的な戦士が一斉に槍を突き出してきたにも等しい連撃を捌ききるグヴェンダンの非常識さは、やはり彼ならではのものだろう。ましてや技量よりも純粋な身体能力によってとあっては、なおの事。

「ぬん！」

右手一本でポールアクスを操っていたグヴェンダンの左手が動いた。もはや黄金の壁が屹立したかのような視界の中で、放たれる刺突の全てを認識する古神竜の分身体は、絶え間ない連撃の中に強引に左手の一撃をねじ込んだ。

一撃かすめただけで亜竜程度は絶命する連撃の中で、グヴェンダンの左手は固く拳を握り、ガリリウスの顔面を目掛けて唸りを上げる。

ソレがどれほど恐ろしいか。ガリリウスは思考するまでもなく理解していた。

グヴェンダンへの刺突を即座に切り上げて、ガナギーヤで受け止める選択肢を選ばざるを得ないほどに。

その判断はまったくもって正しかった。ガナギーヤを通じてガリリウスを襲った衝撃の凄まじさは、かつて大魔界で受けた、アルデスとは別の戦神の一撃を思い出させた。

地上の存在が戦神を思わせる一撃を振るうなど、あり得るのか？　そんな疑問がガリリウスの思考の海に泡のように生じて、すぐさま消え去る。

渾身の力で踏ん張り、ガナギーヤから伝わる力を回転させて流す。

回った穂先がグヴェンダンの首を狙って突き出される。

しかしその一撃は、グヴェンダンが首を右に傾ける動きにより、左の首筋を僅かに舐《な》めるに留まり、首元を守る甲冑だけが砂塵と砕ける。

突きと等しい神速の引き戻しに合わせて、グヴェンダンの右手が動く。ポールアクスが白銀の半月を空間に刻み、ガリリウスの左腰に迫る。

ガリリウスは腰から両断されて、内臓と血液をぶちまける自身を鮮明に思い描きながら獰猛に笑う。

――これだ。これが欲しかった。

軍神たる主君の下を離れて、地上へ赴く者達と道を同じくしたのを後悔した事はない。

ああ、しかし……しかしと思わずにはいられない。

地上世界では決して到達し得ない高みの力が、技が、惜しみなく揮われ、味わわされたあの戦場よ。神代の戦いが、滾りが、熱が、ガリリウスの魂に刻み込まれて、薄れる事を知らない。

どこかサグラバースを思わせるヤーハームもまた、コレを感じさせてくれたが、目の前の兜姿の何者かは、より鮮烈に、強烈に、泣きたくなるほど痛烈に感じさせてくれる。

なんと素晴らしい。魂が削れるかのような緊張感、恐怖、興奮、歓喜、言葉で言い尽くせない感情が混然一体となり、細胞一つ一つに広がっていく確かな感触。

あのまま大魔界に残り、神々の戦場で戦い続けて、いつの日にかこの命と魂を散らせたなら、それはどんなに幸福であったろう。

だが――と、ガリリウスは思う。

「あああああ‼」

むざむざと死ぬのは断じて違う。死力を尽くしてもいないのに、まだ出来る事があるのに夢想にかまけて死ぬなど、なんと間抜けな事か。そんな〝生き様《しにざま》〟など――

「クソ食らえだ‼」

ガリリウスが左手で引き抜いた短剣が、ポールアクスの刃を受け止める。

刹那ともたずに砕ける刃が、ガリリウスの生命を守る運命の分かれ道そのものだった。

ガリリウスは体を両断される寸前に後方へと飛びのき、ラスロマルの舳先《へさき》へと降り立つ。

跳躍の最中に投擲された短剣は、グヴェンダンに掴み止められ、そのまま握り潰されて、無数の破片と化していた。

「決めるつもりの一撃だったが、な」

素直な感想を零すグヴェンダンが身を屈め、駆けた。光に変わったかのようなその速さを、ガリリウスのみが知覚する。

「っ！」

グヴェンダンはその圧倒的な戦闘能力に反して隙だらけである。

だが、これは戦闘を知らぬが故の隙ではない。隙だらけでもまるで問題がないからだ。ことグヴェンダンに限っては、〝隙だらけ〟も〝隙がない〟も意味を同じくする。

隙だらけだから、どこから攻めても同じ＝隙がないから、どこから攻めても同じ、という式が彼の場合は成り立ってしまうのである。

馬鹿馬鹿しいほどに強すぎる敵に、ガリリウスは心から、それこそ魂の底から感激していた。

「我が神よ、二度と得られぬ敵を我は得たり！」

ガリリウスの生涯を遡っても、最高と自画自賛出来る一撃が、空間を貫く勢いでグヴェンダンへと伸びる。

たとえ地上世界随一《ずいいち》の実力者であっても戦慄に肌を粟立《あわだ》たせるであろう一撃は、縦に構えられたポールアクスの刃に受け止められる。

だが、グヴェンダンを知る誰もが、ガリリウスを称賛するだろう。彼の一撃は、グヴェンダンの足を止めたのだから。

時が流れるのを忘れるような停滞が訪れた。

突き込まれたガナギーヤの穂先と、それを受け止めるポールアクスの刃はその場に固定されたように不動。

次はどう動く？　どう動けばグヴェンダンに傷がつくか。どう動けばガリリウスの首が飛ぶか。

風は吹かない。時は流れない。二人の動く切っ掛けになるのがあまりに恐ろしいから。

そんな二人を動かす誰かがいるとしたら、呆れるほどに恐れ知らずで、そして嘆きたくなるほどに場の空気を読めないに違いない。

その〝誰か〟は、黒紫色の短剣を八本、ガリリウスへと投げつけて、この場に介入した――してしまったと言うべきかもしれない。

ガナギーヤを引き戻し、ガリリウスは研ぎ澄ました集中力を維持したまま、降り注ぐ短剣を避け続ける。

彼の足が踏んだ甲板のへりに、次々と短剣が突き刺さっていく。

グヴェンダンはガリリウスに追い討ちをかけず、ポールアクスをだらんと下げたまま、自分の背後を振り返る。艦橋の上に、彼女はいた。ロングスカートと頭の上のホワイトブリムのレースをかすかに靡《なび》かせて。

「ご主人様の障害となる者を排除する。まさにこれぞ従者の道。メイドの本懐《ほんかい》」

死を司る大神たるタナトス。そのメイド姿がそこにあったのだ。

「……何を、やっているのだ、君は」

グヴェンダンの第一声がこれであったのは、タナトスにとっては甚《はなは》だ不本意に違いない。

こんな時ではあったが、グヴェンダンはタナトスの姿に呆れと共にいくらか感心してもいた。

グヴェンダンの本体であるドランの記憶を辿る限りにおいて、タナトスは夜空の月のような淡い輝きを纏う男装の麗人《れいじん》である。その彼女が、黒一色の髪も黄金の瞳もそのままに、メイド姿になっているのは、新鮮この上ない。

うっすらと化粧《けしょう》を刷《は》いているのもあってか、今のタナトスは一度目にすれば誰でもその姿を追ってしまう女性的な美に満ちていた。

それはそれとして、この乱入は予想外もいいところなのだが……

良くも悪くも気の抜けてしまったグヴェンダンの様子を見て、ガリリウスは状況をどう判断すべきか、何度か舌先で言葉を転がしてから、こう零した。

「貴殿の知り合いか。伏せていた手札というわけではなさそうだが」

結局、彼が口にしたのは苦笑してしまいそうになるほど平凡な言葉だった。

「む、古い付き合いの相手だが、こちらに来るとは露ほども思ってはいなかったよ。お蔭で、少なからず驚く羽目になった」

グヴェンダンは本気で困った顔だ。

その様子を見たガリリウスは、次は何を確認すべきか、そしてどう行動するべきかを数え切れぬほど脳裏に列挙しては、こちらを見下ろすタナトスへ視線を向ける。

彼からすればタナトスは、未練を払う絶好の機会に水を差した正体不明のメイドになるわけだが、その態度には一切の苛立ちや不満は表れていない。

ガリリウスにあるのは、〝第三者の介入の余地がある戦い〟をしていた己に対する憤りと恥であった。自身が全霊を尽くしているのに対し、グヴェンダンが余裕を残して戦っていたのは、痛いほど実感している。

その余裕の衣《ころも》を剥ぎ取り、剥き出しの全力を出させるほどに自分が強ければ、あのメイドも手の出しようがなかっただろうにと、ただただ己の未熟を責め、恥じ入るばかり。

ガリリウスの心中までも見通しているのか、口にすべき言葉の選択に悩むグヴェンダンの傍らに、タナトスが音もなく静かに降り立つ。

ガリリウスの戦意は未だ萎《な》えてはいないが、死を司る神の筆頭格であるタナトスの脅威を本能で理解しているのか、一歩を踏み出す機を見出せずにいた。

「お久しゅうございます。そして、はじめまして――になりますでしょうか、グヴェンダン様」

喜色を隠さぬ声のタナトスに対して、グヴェンダンは一応、タナトスの名前を口にするのを控えた上で応じる。

「ふむ、グヴェンダンとして君に会うのは確かにはじめましてになるな。君が主らと共にこちらに来ているのは私も把握していたが、こちらに足を運んでいたとは知らなかった」

「聖上のお許しは得ております」

「あのまま、あそこに留まっていてもよかったと思うが、君が会いに来るのなら、私よりも『塔』の方がずっと近かったろうに」

グヴェンダンの言う〝塔の方〟とは、探索者として活躍している別の分身体事である。いつでも自由に動かせる予備戦力として、ベルン近郊の塔『カラヴィスタワー』で待機中だ。

「あちらには妹君をはじめ、既に多くの方がお傍におりますし、私めの助力の余地はさしてございませんでしたので、まだこちらの方がお役に立てる機会が多いかと思い、まかり越してございます」

ドランの側にはラミアのセリナをはじめ、クリスティーナ、ドラミナ、ディアドラといったベルン村が誇る超常の戦力が控えている。

カラヴィスタワーの方はというと、古神竜、大地母神、下位だが時の女神の三柱に加え、場合によっては千近いドラグサキュバスとその女神も加わる。

それらと比べれば、メイド三姉妹とへっぽこ侍とポンコツくのいちで構成されるグヴェンダン一党は、戦力的に大きく見劣りするし、タナトスの介入する余地がある方だろう。

「君に気を遣わせたのが半分、君自身が私に構ってもらいたかった、というのが残り半分かな？」

グヴェンダンの指摘はタナトスにとって恥ずかしいと感じる部分を的確に突いていた。グヴェンダンひいてはドランに会いたいが為に、大神と称される自分がこうしてメイドにまで身をやつして足を運ぶなど、なんとも子供じみた真似ではないか。

「恥ずかしながら、ご指摘の通りでございます。さて、先程申し上げた通り、主人の障害を排除するのは従者の王道、メイドの果たすべき務め」

グヴェンダンに向けていた無垢な子供を思わせる雰囲気を変えて、タナトスはガリリウスを正面から見据《みす》えた。

地上世界へ顕現した以上、他の大神マイラールやアルデスがそうであったように、彼女もまた神格や能力に大幅な制限を課せられている。

その為、本来のタナトスからすればガリリウスであろうと雑兵でしかないにもかかわらず、地上では途方もない強敵となるのが厳しい現実である。

しかし、タナトスにとってはその程度の現実など、危惧するほどのものでもないらしい。ガリリウスを見る彼女の瞳に宿る冷たく厳しい輝き。まさにこれこそは死そのものの輝きに等しい。

タナトスがガリリウスを排除すべき障害と認め、戦意で満ちている姿を見て、グヴェンダンは口を挟めんな、と心中で嘆息《たんそく》した。

「元より一対一の約定の上で始めた戦いではない、か。ガリリウスよ、これよりは私からこのメイド……ふむ、名前は？」

まさか諸人の知るタナトスという女神の名前を馬鹿正直には使えないだろう。ましてやロマル帝国で活動中のグヴェンダンの傍で活動しようというのだから。

グヴェンダンの問いへの答えは、至って簡潔だった。

「ターナーと」

「なるほど、分かりやすい」

タナトスの前半二文字の発音を伸ばしただけなのだから、確かに分かりやすいし、覚えやすい。

「ともあれ、思いもかけぬ来客だが、これより相手はこのターナーが務める。異論があるかもしれんが、我《が》を通したくば、通せるだけの力を示さねばなるまいよ。古きゴブリンの猛者よ」

身勝手に、傲慢に告げるグヴェンダンに対して、ガリリウスは抗弁しなかった。

どうしてもグヴェンダンと一対一で戦いたいという我を通すならば、タナトスを実力で排除した上でなければならない事を理解していた。

同時に、グヴェンダンがガリリウスとの戦いに拘泥していない事実への悔しさと怒りもあった。自分と同じほどに戦いに執着を持たせられなかった自身の不徳と未熟が悔しくて許し難《がた》いのである。

アレは本質的に戦闘を好んでおらず、強者との戦いを楽しんでいない。だから仕方がないのだ――などと言い訳をしないのが、ガリリウスという戦士だった。

「なれば、何がなんでもそこなメイドを打倒して、貴殿に挑ませてもらおうか。しかし、そちらのメイドも貴殿と同様に尋常ならざる御仁であるのには変わらぬか。荒野の外にはずいぶんと物騒な輩がおるものだ」

ガリリウスがあまりにしみじみと言うものだから、グヴェンダンはつい噴き出しそうになるのを堪えなければならなかった。こればかりは、グヴェンダンの周りに限って異常なのだと弁明するべきかもしれない。

ガリリウスもグヴェンダンも、そしてタナトスことターナーも、これ以上おしゃべりは必要ないと判断して口を噤んだ。

一瞬の間を置いてから、ガリリウスとタナトスが動いた。

グヴェンダンは、ガリリウスへの申し訳なさはあったが、同時に地上世界でタナトスがどのように戦うのかという点に少なからず興味があった。

先程、自分達の戦いに割って入った時には短剣を投じたが、さて、以前からこの女神は短剣使いであったか。そもそも武器を扱って戦うような類であったか？　という興味である。

その疑問が伝わったわけではあるまいが、タナトスは両手の五指の間に黒紫色の短剣を合計八本作り出し、ガリリウスへ向かって駆けながら投げつける。

ガリリウスの眉間と咽喉に狙いを付けた四本ずつの投擲は手慣れたものだったし、甲板を走る姿もなかなか様《さま》になっている。

だが、様になっている程度で戦えるほど、甘い相手ではない。

ガリリウスはガナギーヤを振るって短剣を打ち落とす。一振りで戦闘中のリネットとキルリンネを撃墜《げきつい》した技量ならば、目を瞑り、耳を塞いでいても簡単にやってのけるだろう。

黄金の短槍は、触れる先から黒紫色の短剣を粉砕し、二本目を砕いた時点でガリリウスはその場を飛びのき、残る六本の短剣を回避する事を選んでいた。

「ふむ、その場で作っているから魔力の短剣かと思ったが、アレでは確かに避けたくもなる」

手摺《てすり》の上に降り立ったガリリウスの顔に浮かび上がる冷たい汗と、彼の意思に反して肉体が総毛だっている様子に、グヴェンダンは納得の色を浮かべて次の攻防を見守る。

一旦足を止めたタナトスは、両手の中に今度は縄《なわ》を作り出し、左手にいくつも重ねた輪を持ち、先端を右手に持つ。

ガリリウスが過剰にも見える反応を示しているのは、やはりタナトスが死を司る神である事に起因する。

神々やその眷属は能力を地上では大きく制限されるが、一欠片くらいは行使出来る。タナトスがその一欠片の能力を行使すれば、どうなるか。

それは死の具現化、そして今ある死の法則の一時的な上書きだ。

タナトスが作り出した短剣はごく短時間かつ極小の範囲に限定して、既存の死に関する法則を〝短剣に触れたら死ぬ〟と上書きする代物《しろもの》だ。

彼女が今、両手で操っている縄も同様で、これに触れたら死ぬという、問答無用の即死攻撃なのである。

ガリリウスの肉体が過剰なまでの拒否反応を示すのも、むべなるかな。

死とは常に生の傍らに寄り添い、時に人知れず訪れるものでもあるが、タナトスのこれは戦場で武器を突きつけられるのとも違う。

目に見える死、触れられる死、それが生者にどれほどの重圧を与えるか。

ガリリウスは肉体と魂の反応それぞれから、目の前のメイドの正体を探らんと思考を巡らせる。

それを待つ義理のないタナトスは、ひょう、と軽やかに右手の縄を放った。

形を持たされた死であり、タナトスの一部とも言えるこの縄は、まるで意思と生命があるかの如く空中を高速で飛ぶ。

――この悪寒《おかん》、恐怖、これは死に対するもの。となれば、死を司る神の加護を受けた信徒の類か？

否、とガリリウスは迫りくる縄をガナギーヤで撃ち落とす。

神の槍の発する黄金の光に触れた縄は木っ端微塵に砕かれて、黒紫色の粉が風に巻かれて消えた。

一見、攻撃において無敵と思えるタナトスの即死の力も、このように極めて脆いという欠点が存在している。その代わり、壊れる際に触れていた存在に死を与えるのだが、ガナギーヤが神代の武器である為、大幅に制限の掛かっているタナトスの能力に抵抗出来る例外になっていた。

――いや、加護を受けた信徒程度で、こうもガナギーヤに負荷をかけるものか。ましてや吾がここまで死を実感するなど……よもや直系の眷属神だとでもいうのか？

ガリリウスは驚愕《きょうがく》しながらも推測を続けていた。

縄を失ったタナトスの右手が勢いよく振り下ろされる。その動きで生じた風そのものが死であった。

新たな死の法則は黒みがかった紫色を帯びるらしく、タナトスからガナギーヤへと向けて嵐の勢いで迫る死は、黒紫色に染まっている。

「なんとも恐ろしいメイドがこの世にいたものだなっ」

ガリリウスの戦意と闘気が刹那の時でガナギーヤへと集約される。鍛造時に込められた神気と混合した事によって増幅された力は、太陽がそこに落ちたかのように明るい黄金の光を発する。

世界に広がらんとする死の風を太陽の光が押し留めようとしている――そう見る事も出来る荘厳な光景だ。

「輝け、ガナギーヤ！」

極限まで高まった神気が、ガナギーヤの穂先から黄金の奔流《ほんりゅう》となって死の風を迎え撃つ。

ラスロマルの甲板に収まりきらずに広がる黄金の光は、ガナギーヤの神気がタナトスの死の風を貫き、完全に無力化させた証明である。

次に死を放たれては危《あや》ういと、ガリリウスは手摺を砕くほどの踏み込みでタナトスの心臓を狙って動こうとした。直後に、全身から血を噴いて崩れ落ちそうになる体を咄嗟にガナギーヤで支える。

「ぐっ、ぬうう、一手、遅かったか……」

急激に力を失って行く体を精神で支えるガリリウスの視界に、無手のタナトスの姿が映る。縄を投じ、風を起こした場所に立ったままの彼女が、瞳を〝黒紫色〟に変えてガリリウスを見ていた。

「視線に捉えた者に死を与える魔眼、か。一体、どれだけの高位の死の神の恩恵を受けているというのかっ」

タナトスから〝見られたら死ぬ〟視線を向けられ続けてなお、ガリリウスが生存しているのは、咄嗟にガナギーヤに残りの力を込めて、死の視線に対する抵抗力を高めたからだ。

「勘の良いゴブリンだ。戦場で格上の強者を相手に相当戦ったとみえる」

ガナギーヤの恩恵もあるが、ガリリウス自身の判断力と機転、精神力がなければ、とっくにタナトスの与える死に呑まれ、絶命していただろう。

この時点まで生き延びているガリリウスの力量を、タナトスは高く評価していた。

「やれやれ、だな。グヴェンダン殿だけでも想定外の強敵であったというのに、さながら人の形を取った死の如き女人まで敵に回るか。まったく、死力を尽くしてなお足りぬ強敵の出現とは、なんという〝慶事《けいじ》〟よ。しかし、ここは逃げの一手だな」

この状況に陥ってもなお慶事と言い切るガリリウスの精神には、さしものグヴェンダンも脱帽した。ここまで徹底して戦場に生きて死ぬ心構えの戦士がいるとなれば、祖神であるサグラバースも口元を綻《ほころ》ばせるのではなかろうか。

タナトスからすれば、逃がすつもりはないだろうし、ガリリウスとてそれが至難の業と分かった上での発言だろう。

しかし、ここでタナトスが地上に降臨した弊害《へいがい》が起きた。既存の法則を新たな死の法則で上書きし続ける事の時間制限である。

本来であればまったく存在しない精神的負荷も生じており、ガナギーヤによる抵抗という予想外の事態により、視線による死の限界が来てしまう。

タナトスが堪え切れずに瞼《まぶた》を閉ざした瞬間――

「くっ」

「では、機会があればまた、だな。グヴェンダン殿」

「ふむ、まあ、そういう事にしておこう」

自身の魔法か、あるいは魔法具か。ガリリウスの姿が霞《かす》むと、見る間に大気に溶けるように消えて、ラスロマルのみならずヴァスタージ丘陵からも気配が感じられなくなる。

グヴェンダンならば、ガリリウスが空間を跳躍する前に仕留める事も可能ではあった。しかし、タナトスの息切れによって隙が生じたのと、これがあくまでロマル帝国と魔王軍の戦いと認識している為、わざわざ止《とど》めを刺そうとはしなかった。

タナトスの介入に対する、彼なりの詫びでもあったかもしれない。

タナトスが再び瞼を開いた時にはガリリウスの姿はなかった。

タナトスは女神に相応しい端整な顔立ちに刹那の間だけ悔しげな色を浮かべ、それを消してからグヴェンダンの足元に跪く。

「事前の知らせなく御身の戦いに介入したばかりか、敵を仕留めきれず逃がす失態。申し開きの言葉もありません。いかようにもこの身を罰してくださいませ」

そう言われても困るのがグヴェンダンである。

タナトスが戦いに介入したのも、彼女の混じりけのない善意からであったし、それが分かると途端に強く出られなくなるのが、この良くも悪くもお人好しの古神竜だ。

タナトスの本来の上司であるハーデスなどは、彼女の横槍に顔を手で覆って溜息を吐くか、逆に腹を抱えて笑うかのどちらかをしているだろう。

生まれた時から知っている女性に頭を下げられ続けるのは、どうにも気分がよろしくない。

居心地の悪さ覚えながら、グヴェンダンはタナトスに穏やかに語りかけた。

「とりあえず頭を上げなさい。巻き添えは……いないな。それにしても驚いたよ、タナ……いや、一応、ターナーちゃんと呼ぶか」

「はっ、私の我儘を聖上《せいじょう》がお聞き届けくださりまして、こちらに足を運びました」

「ふーむ、君自身はこの私と同様、分身体か。それくらいの力は戻ったようだな」

タナトス本体が地上に降臨したのではなく、グヴェンダンがドランの分身体であるように、目の前のメイド姿の死の女神もまた、分身体か端末と呼ぶべき存在というわけだ。

本体のタナトスは今も死を司る神の筆頭格として、冥界にて職務を全うしている最中にある。

「ここまで来てしまった以上は、受け入れるのが私の取るべき選択肢だろうな。ただ、私の事情を知っている連れが三名いる。彼女らには君の事を話すが、女神を相手にするのに相応しくない振る舞いをしたとしても、あまり目くじらを立ててくれるなよ」

グヴェンダンの戦いに介入した事に関しては、リネットからガンデウス、キルリンネの三名とも良い反応を見せないだろう。

ひょっとしたら、辛辣な意見くらい出てくるかもしれない。

「目くじらなどと。私はこの装いの通りにメイドとして、仕える者として参上いたしました。同じく貴方様に仕える者同士、上も下もございません。いえ、私が下にはなりますが」

「大神らしからぬ心構えであるものよな。初めて彼女らに会った時もそういう態度で、彼女らが恐縮していたか」

グヴェンダンの言う初めて彼女らに会った時というのは、競魔祭《きょうまさい》で王都を訪れていた時に、タナトスがハーデスの使いとしてドランやセリナ達と顔を合わせた時の話である。

大神であるタナトスからすれば、セリナやドラミナは取るに足らぬ地上の存在だが、ドランの恋人であるとして、下手にでていたのだ。

「そういえば、まだ祝言《しゅうげん》を挙げられていないのですね。聖上を含め御三方ともずいぶんと気にかけておいでです。御子《みこ》に関していえばそれ以上に関心をお持ちでいらっしゃいます」

「まあ、今は周りがずいぶんと慌ただしいからな。落ち着いてから……さ。落ち着いてから」

そう告げるグヴェンダンだったが、どうにも言い訳がましかったのは否定出来ない。

†

ガリリウスの撤退に伴い、ラスロマルの外でリネット達と交戦していた精鋭ゴブリン達も、同じく転移によって戦場から撤退していた。

残されたのはロマル帝国の精鋭達と、彼らとお互い巻き添えにしない程度の連携を取りながら戦っていたリネット達三姉妹のみ。

ガリリウスの一撃によって機動装甲の稼働率を大きく下げながらも、リネットとキルリンネは果敢に接近戦を挑んだ。ガンデウスも合法的に銃火器をぶっ放せると、嬉々として火器を持ち替えて撃ち続け、ラスロマルへの流れ弾こそないものの、周囲の地形を少しばかり変えてしまっている。

装甲のあちこちから火花や紫電を散らしつつ、リネットは警戒を解いて、ハンマーをだらりと下げた。

キルリンネもまた、あちこち刃毀《はこぼ》れしているグレートアックスにしかめ面《つら》を浮かべているが、戦いの終わりを理解して緊張感をゆるゆると解いている。

ガンデウスばかりは、まだ撃ち足りないと言わんばかりに、両手に持った長大な筒状の火器の銃口を下げずにいる。一千発以上の銃弾をばら撒いた割に成果はそれほどでもなく、彼女的には不満が残るところらしい。

「これで一段落みたいだね～、リネットお姉ちゃん」

「ええ。グヴェンダン様が敗れるわけもありませんが、甲板に不可思議な気配が生じましたね。あの方々が降臨された際に生じる気配と酷似していますが……」

キルリンネに応えたリネットは、戦闘に介入してきた存在について推測を口にした。

「う～～ん、でも、ぬははは様も、あのやたらと腰の低い時間のお姉様も、こっちに来るはずないもんねぇ。あ、でもぬははは様ならあり得るのかなぁ？」

キルリンネは、ぬははは様こと戦神アルデスや、腰の低い時の女神クロノメイズを候補に挙げるが、決め手に欠けるといった様子で首を捻る。

「我慢しきれずに来る可能性はありますが、グヴェンダン様とあのゴブリンとの戦いに割って入られる可能性はまずあり得ません。割って入るのなら、お二人が戦いを始める前のはずです」

「う〜ん、確かにぃ。一度始まった戦いにそうそう横槍入れない御方だよねえ。そうなると、一体誰が来たんだろう？　ねえ、ガンちゃんはどう思う？」

「ち、根性のない奴らめ。体が蜂の巣になるまで戦えばいいものを」

まるで聞いていないガンデウスである。

やはり問題児は問題児かと、リネットとキルリンネはお互いに顔を見合わせて、深々と鉛のように重たい溜息を零すのだった。

†

「ガリリウス様⁉」

グリリムが信じられないという様子で発した言葉を聞き、彼女と戦っていた八千代と風香が耳と尻尾をピクリと動かした。

グリリムの反応は、二人にグヴェンダンの勝利を確信させるのに充分すぎる。

しかし、おおよそ互角とガリリウスとグヴェンダンが見積もった三者の戦いは、その予測通り、甲乙《こうおつ》つけ難い熾烈《しれつ》なものとなった。

グリリムの左腕は、血を流しながらだらりと下がったまま動く気配を見せない。他にも鎧を貫く一撃を与えられ、体の随所から血を零し、また忍術による火傷《やけど》や凍傷の跡が見受けられる。

八千代と風香の方は、幸いにして大きな傷こそ負っていないが、一対一では格上の強敵を相手に集中力と精神力を大きく削られており、顔色は瀕死《ひんし》の人間の如く青白い。

「くっ、覚えておくぞ、犬人と狐人！」

ガリリウスと同じく姿が薄れ、はるか遠方へと転移しようとするグリリムへの八千代達の返答は、実に彼女らしいものだった。

「いやでござる、いやでござる‼」

八千代が声を大にして叫ぶのに続き、風香もまた左手であっかんべーをしながら消えゆくグリリムに心からの本音を叩きつける。

「やーだ、やーだよーでござる！　二度と顔を見せるな！　拙者達が相手をするには、貴殿は強すぎるんじゃい！」

「某達にはお主みたいな手強い敵と戦って喜ぶ趣味はないんでござるもん、ばーか！　某達は自分の命が惜しいのでござるー！」

これにはグリリムも面食らった。

ここは、もっと言うべき事があるだろうという表情をしてから、顔を真っ赤に染めて口を開こうとするが、それよりも彼女の体が消える方が早い。

「な、この、こい……れで……も……っ⁉」

思わず出た本音とはいえ、最後の最後で相手を本気で怒らせる発言をしてしまったのに気付いた八千代と風香は、恐る恐るグリリムの消えた場所をじいっと見つめていた。

しばらく待ってもグリリムが姿を見せず、本当に退いたと判断すると、二人は大きな溜息を零して腰砕けになり、へなへなとその場に崩れ落ちた。

「もー、んもー、本気で死ぬかと思ったでござるよおおおお。なんであんなバケモノみたいに強い御仁と戦わにゃならんのでござるかー」

「そりゃ、アムリア殿を守る為なら命を賭す覚悟くらいは固めたけれども、やっぱ怖いでござるー、ござるー、ござるー」

「アムリア殿～、またなぐちゃめて～～」

「あー、ハチぃ、抜け駆けはずるっこでござるよ～」

まあ、とりあえずこの二人はいつも通りであった。

グリリムほどの強敵を相手に生き残り、いつも通りの反応が出来る辺り、彼女らの大きな成長が窺えるが、その割に、精神面はさっぱり成長しているようには見えないのが、なんともはや。

†

かくて、二つに割れたロマル帝国各派閥の主導者それぞれへの奇襲は、初代皇帝の時代から帝国に存在する守護者と、第三者の手によって防がれた。

魔王軍の襲来という想定外の事態によって混迷した状況は、この戦いによって一旦落ち着きを見せたものの、この後、魔王軍との戦いはさらなる激しさを増すだろう。

アークレスト王国のドランと、アムリアに寄り添うグヴェンダンが、お互い苦笑しながら合流するのは、そう遠くない未来の話である。

Re:Monster
リ・モンスター
1～9・外伝
8.5
暗黒大陸編1～4
金斬児狐
Kanekiru Kogitsune
シリーズ累計
170万部
（電子含む）
突破!
2024年4月4日～
TVアニメ
放送開始!!
（TOKYO MX、BS11ほか）
ネットで話題沸騰
怪物転生
ファンタジー
最弱ゴブリンの下克上物語 大好評発売中!
【小説】
1～9巻／外伝／8・5巻
転生したのはまさかの最弱ゴブリン!?
◉各定価：1320円（10％税込）
◉illustration：ヤマーダ
新章
【小説】
1～4巻（以下続刊）
新たな旅が今始まる!
65万部!
そして新世界の伝説へ!
◉各定価：1320円（10％税込）
◉illustration：NAJI柳田
コミカライズも大好評
転生したのは…最弱ゴブリン!?
異世界下克上
サバイバルファンタジー
累計23万部突破!!
待望のコミカライズ!!
◉各定価：748円（10％税込）
◉漫画：小早川ハルヨシ

TVアニメ

2024年4月13日より放送開始！
（TOKYO MX・MBS・BS11ほか）

各定価：1320円（10％税込）

1～22巻好評発売中！

デスゲームと化したVRMMO－RPG「THE NEW GATE」は、最強プレイヤー・シンの活躍により解放のときを迎えようとしていた。しかし、最後のモンスターを討った直後、シンは現実と化した500年後のゲーム世界へ飛ばされてしまう。デスゲームから“リアル異世界”へ——伝説の剣士となった青年が、再び戦場に舞い降りる！

illustration：魔界の住民（1～9巻）
KeG（10～11巻）
晩杯あきら（12巻～）

コミックス 1～14巻 好評発売中！

漫画：三輪ヨシユキ
各定価：748円（10％税込）

アルファポリスHPにて大好評連載中！

アルファポリス 漫画 検索

女神様の手違いで異世界転生することになった、拓海《たくみ》。女神様に望みを聞かれ、拓海が『田舎の家で暮らすこと』と伝えると、異世界の山奥に実家の一軒家ごと移住させてもらえることに。転生先にあるのは女神様にもらった、家と《緑の手》という栽培系のスキルのみ。拓海は突如始まったサバイバル生活に戸惑いつつも、山暮らしを楽しむことを決意。薪風呂を沸かしたり、家庭菜園を作ってみたり、もふもふウリ坊を保護したり……山奥での一人暮らしは、大変だけど自由で最高——!?

◉定価：1320円（10％税込）　◉ISBN 978-4-434-33596-9

◉illustration：このいけ

貧乏くじの第三子息ですが、
どん底から脱却
してみせます!

父の亡き後、貧乏貴族ダーヴィッツ家の当主となった三男のフローラル。彼が窮状を脱するために考えたのは、貯めてきたお小遣いと、得意な回復魔法を使ったお粗末な金策一つのみ。箱入り息子の考案した金策なんて上手くいくはずもなく……と思いきや、治療した少女達が超優秀で、期待以上の大成功!? 仲間もお金も増えたフローラルは、次々と新たな金策に取り組み始める——夢は大きく、不労所得でウハウハ生活!

◉定価:1320円(10%税込) ◉ISBN 978-4-434-33598-3 ◉illustration:つなかわ

この作品に対する皆様のご意見・ご感想をお待ちしております。

おハガキ・お手紙は以下の宛先にお送りください。

【宛先】

〒150-6019 東京都渋谷区恵比寿 4-20-3 恵比寿ｶﾞｰﾃﾞﾝﾌﾟﾚｲｽﾀﾜｰ 19F
(株) アルファポリス　書籍感想係

メールフォームでのご意見・ご感想は右のＱＲコードから、
あるいは以下のワードで検索をかけてください。

アルファポリス　書籍の感想　検索

ご感想はこちらから

本書はWebサイト「アルファポリス」(https://www.alphapolis.co.jp/) に投稿されたものを改稿のうえ、書籍化したものです。

さようなら竜生《りゅうせい》、こんにちは人生《じんせい》 24

永島ひろあき（ながしまひろあき）

2024年 3月 31日初版発行

編集ー仙波邦彦・宮坂剛
編集長ー太田鉄平
発行者ー梶本雄介
発行所ー株式会社アルファポリス
〒150-6019 東京都渋谷区恵比寿4-20-3 恵比寿ｶﾞｰﾃﾞﾝﾌﾟﾚｲｽﾀﾜｰ19F
TEL 03-6277-1601（営業）　03-6277-1602（編集）
URL https://www.alphapolis.co.jp/
発売元ー株式会社星雲社(共同出版社・流通責任出版社)
〒112-0005東京都文京区水道1-3-30
TEL 03-3868-3275
装丁・本文イラストー市丸きすけ
装丁デザインーansyyqdesign
印刷ー図書印刷株式会社

価格はカバーに表示されてあります。

落丁乱丁の場合はアルファポリスまでご連絡ください。

送料は小社負担でお取り替えします。


ISBN978-4-434-33599-0 C0093